Le pouvoir des mères

W0385633

Du même auteur
aux Éditions J'ai lu

Hanna et ses filles, *J'ai lu* 5857
Simon et les chênes, *J'ai lu* 6346
Inge & Mira, *J'ai lu* 6718

Marianne Fredriksson

Le pouvoir des mères

Traduit du suédois par Christine Hammarstrand

Titre original :
ÄLSKADE BARN
Publié par Pirat Förlaget

© Marianne Fredriksson, 2001

Pour la traduction française :
© Éditions Jean-Claude Lattès, 2004

1

Elle roulait vers le nord pour raconter à sa mère qu'elle allait donner naissance à un enfant, mais qu'elle n'avait pas l'intention de se marier. Si le vert de l'été dominait encore dans la capitale, au nord de Sala, les premières stries rouges flamboyaient dans les érables et, lorsqu'elle s'approcha de Bollnäs, le vent projeta des bouquets entiers de feuilles dorées des bouleaux contre le pare-brise.

Elle monta le chauffage.

Sa mère était une personne sensée. Quand elle apprendrait que l'embryon n'avait pas encore douze semaines, elle parlerait d'avortement. Et Katarina refuserait sans s'expliquer. Elle ne pouvait pas dire ce qu'il en était : qu'elle s'était déjà débarrassée d'un gosse, il y a trois ans. Et que depuis, la question de savoir qui était l'enfant qui n'avait pas pu naître la tourmentait.

Elle n'avait pas parlé de l'avortement à sa mère. Inutile de l'inquiéter. Inutile de la mettre au courant. Ici, dans les villages de la vallée de Ljusnan, ils penseraient qu'elle était une pute. C'est vrai qu'elle aimait les hommes et que chaque nouvelle liaison la comblait. Vrai aussi qu'elle faisait partie de ceux qui ne mélangent jamais aventure et amour.

— Ce que j'aime le plus au lit, c'est de découvrir des trucs nouveaux, avait-elle confié à une amie qui s'épanouissait dans son rôle d'épouse et de mère.

— Je crois que j'ai un peu pitié de toi, avait dit son amie sans s'associer à son rire.

Comme j'ai un peu pitié de toi, avait pensé Katarina, tout en songeant à l'homme qui gardait les enfants à la maison, regardait la télé, jetait un coup d'œil à l'heure, et attendait sa femme.

Elles s'étaient séparées en sortant du restaurant. Mais les mots de son amie lui avaient fait mal et l'avaient profondément meurtrie.

Ses liaisons ne duraient pas plus de six mois. À peu près le temps d'une aventure selon ses critères. Parfois, lorsque les ruptures étaient douloureuses, elle pensait que c'était peut-être elle qui fuyait lorsque son affection devenait trop forte.

L'intimité me fait peur, se répétait-elle. Et maintenant, je désire un enfant, l'aimer, l'allaiter, le porter les nuits et les jours. L'idée était si effrayante qu'elle fut obligée de s'arrêter, de sortir de la voiture, de respirer profondément et de convaincre son cœur de battre moins vite.

Arrêtée sur l'aire de stationnement, elle regarda la vallée du fleuve. Sans rien voir. Les anciens doutes étaient de retour : je ne vais pas être capable, je ne vais pas y arriver, je ne vais pas comprendre les besoins de l'enfant. Ma table à dessin au bureau d'architecte va terriblement me manquer. Je vais... La liste était infinie et le résultat garanti : je vais faire du mal à l'enfant, au plus profond de lui-même.

Le vent transperçait ses vêtements, elle eut froid et retourna à la voiture. Elle s'assit. Il ne restait que quelques dizaines de kilomètres ; si elle prolongeait la pause, elle aurait le temps de se préparer à leur rencontre. Sa mère allait dire : avorte. Elle-même répondrait : mais je veux cet enfant. Sa mère finirait par mettre les points sur les i : tu n'as aucune disposition pour la maternité.

Elle froncerait les sourcils, comme toujours, lorsqu'elle était obligée d'asséner des choses désagréables, et elle aurait plein d'arguments. Katarina n'avait jamais fait partie de ces bandes de filles qui pouffent de rire, et elle avait toujours pensé que les nouveau-nés étaient dégoûtants. Comme ces foutues règles qui la faisaient enrager chaque mois.

Et Katarina abandonnerait, retournerait dans la capitale et se débarrasserait de l'embryon.

Lorsqu'elle mit le clignotant pour reprendre son chemin, elle eut du mal à voir dans le rétroviseur. Elle pleurait. Mais lorsqu'elle prit la petite route qui menait à la maison de campagne de sa mère, elle avait retrouvé son calme, ses yeux étaient secs et elle avait un sourire en réserve.

En entrant dans la cour, celle-ci lui sembla rétrécie. À la lisière du bois, qui avançait lentement mais inexorablement vers la maison, il y avait une haie de prunelliers, épineux et impénétrables.

Dieu, comme c'était isolé ici. Et silencieux. Les oiseaux migrateurs étaient partis vers le sud, les oiseaux sédentaires n'avaient pas encore besoin des hommes et de leurs mangeoires. Pas même une pie ne jacassait.

Si retiré.

Sa mère fut là avant même qu'elle n'eût tiré le frein à main. Elles s'observèrent un moment. Par pur plaisir. Puis vint l'étreinte, longue et forte, qui remplit les corps de chaleur.

— Tu es horriblement pâle, ma petite fille, lui dit sa mère lorsqu'enfin elles se séparèrent.

Et Katarina répondit, comme il se devait, que le long voyage l'avait fatiguée. Et qu'elle avait faim.

Et sa mère poursuivit, comme il fallait :

— J'ai un gratin de pommes de terre à la crème dans le four. Et des truites fraîches.

Katarina ne voulait pas manger, mais elle offrit le sourire obligatoire et dit que ça allait être bon.

En fait, elle avait envie de pleurer.

— Tu as froid, rentrons, dit sa mère.

Nous suivons le scénario. Pourquoi ne pouvons-nous jamais nous ouvrir l'une à l'autre ? pensa Katarina.

La réponse était évidente : le risque de blesser était trop grand.

— Monte ta valise dans la chambre pendant que je prépare le repas, dit Elisabeth.

Katarina acquiesça mais fit un détour par la véranda pour regarder les couleurs du grand fleuve passer du bleu le plus clair à l'ultramarine, au violet et au vert doré le long des rives. Dans la vallée, les maisons rouges brillaient comme des bijoux sur les montagnes bleues de l'autre côté.

Enfant, elle savait que les montagnes se parlaient entre elles par-dessus le fleuve, échangeaient des secrets et se souvenaient de vieilles histoires. Elle s'était longtemps demandé comment elles s'y prenaient et sa mère lui avait dit que les montagnes vivaient des milliers d'années dans un monde interdit aux hommes.

Elle détourna le regard, vit le soleil d'après-midi briller sur les petites fenêtres de la véranda et sentit l'odeur de citron des pots posés sur l'appui de la fenêtre. Mais le géranium rose, dont l'odeur était bonne pour les poumons, se fanait par manque d'eau.

Lorsque Katarina quitta la véranda, elle resta un instant sur le seuil de la pièce principale. Les lirettes avaient perdu leur couleur, grises de poussière. Le fauteuil avachi devant le poêle de faïence était aussi gris, miteux, et n'avait pas le plaid rouge que sa mère mettait par-dessus d'habitude. Sur la table, comme il se devait, les bougeoirs en étain étaient à leur place, sans bougies toutefois. Le chemin de table rayé était froissé et il n'y avait pas de fleurs sauvages dans le grand pot de terre ventru.

C'était bizarre et triste.

— À table !

Au ton de la voix, Katarina comprit que le repas était un don de Dieu. Je ne vais pas y arriver, pensa-t-elle.

Mais le fourneau brûlait et répandait bien-être et chaleur, la nourriture était bonne et elle avait étonnamment faim. Manger pour deux, pensa-t-elle, en se trouvant ridicule. L'embryon était petit et peu exigeant.

Ensuite, elle s'entendit dire : on doit se sentir bien seul dans les bois tout l'été.

Le visage de sa mère se fit plus grave, les rides se transformèrent en plis lorsqu'elle tourna son regard vers l'intérieur.

— Ce n'est pas la solitude qui est difficile. C'est plutôt d'avoir la force vitale.

Katarina prit peur et sentit son cœur battre.

— Tu n'es pas malade, Maman ?

— Non, non, écoute.

Elle parlait lentement mais d'un ton très déterminé.

— J'avais de si grandes espérances pour l'été. J'avais prévu de me tenir dans la cour et de regarder les grues voler vers le nord. Puis, de mettre des cuissardes et monter le long du ruisseau, écouter, entendre le coucou, m'arrêter près de la cascade et voir les saumons sauter.

Elle se tut comme si elle devait chercher ses mots.

— Je devais profiter de chaque fleur du printemps, d'abord l'anémone hépatique, puis l'anémone des bois, la primevère, tu sais jusqu'aux fleurs de la Saint-Jean et les prêles. Et j'ai tout vu, et j'ai vu et revu, mais...

Elle chercha les yeux de Katarina avant de poursuivre :

— Le plus dur a été le jour où les hirondelles sont revenues à leurs nids sous le toit. Tu te souviens comme nous étions toujours contents, comme nous nous tenions sur la marche du perron pour fredonner la chanson de bienvenue aux hirondelles.

Katarina hocha la tête, tenta de sourire.

— Mais maintenant...

— Non. J'ai seulement constaté le bruissement d'ailes sous les tuiles, puis je me suis assise dans la cuisine et j'ai pensé que j'étais morte.

Le crépuscule s'installa devant la fenêtre.

— Tu te surmènes, maman.

— C'est ce que je croyais au début, moi aussi. Mais ce n'est pas vrai. C'est l'âge. Lentement et inexorablement, il se faufile en nous. À la fin, les sens, les yeux, le nez et les oreilles, perdent le contact avec le cœur ou l'âme, quel que soit le mot que l'on choisit.

Les yeux de Katarina parcoururent l'obscurité bleue mais n'allèrent pas plus loin que la lisière du bois, qui était complètement noire. Puis, elle dirigea son regard vers sa mère et dit maladroitement :

— J'ai ressenti la même chose que toi : il ne me reste guère d'enthousiasme et d'envie. C'est comme si la vie s'était usée à force de répétitions. L'existence même devient monotonie.

— Mais, Katarina, tu es jeune !

— J'ai vécu une vie violente, maman. J'ai l'impression parfois qu'il ne me reste pas grand-chose à éprouver.

L'instant d'après, elle posa sa main sur son ventre comme si elle avait pu sentir l'embryon. Peut-être était-ce pourquoi...

Elles étaient toutes les deux fatiguées de la rencontre.

Elisabeth sortit un moment, Katarina se lava dans une cuvette dans l'évier et prit enfin sa valise pour monter dans sa chambre au grenier. Elles se retrouvèrent dans la cour, pieds nus dans l'herbe, pour se brosser les dents.

— Bonne nuit, maman.

— Bonne nuit, Katarina.

2

Elisabeth n'arrivait pas à s'endormir. Son dos lui faisait mal et ne lui accordait aucun répit.

Dès l'appel de Katarina, elle avait compris que sa fille voulait lui parler de quelque chose, quelque chose d'enfoui au plus profond d'elle-même.

Aujourd'hui, pas un mot n'avait été prononcé.

Elle allait probablement se marier avec l'Américain. Et partir avec lui aux États-Unis. C'était quelqu'un d'intéressant. Éveille, avec de l'humour. Un peu trop de charme, avait trouvé Elisabeth. Mais c'était après qu'elle eut senti l'air qui vibrait entre Katarina et lui.

Est-ce que ce pourrait être sérieux cette fois-ci ? avait-elle pensé.

Katarina serait éloquente, dirait qu'il y avait des vols quotidiens pour les États-Unis. « Tu viendras et habiteras chez nous pendant l'hiver. Imagine, maman, la Californie. À la place des nuits noires et des caleçons longs. »

Et Elisabeth s'efforcerait de rire. Et réussirait.

Elle devait...

Mais...

Elisabeth avait rarement vu des mariages heureux. Peut-être y en avait-il, peut-être ne les avait-elle pas remarqués. Le sien avait été un enfer. Des abîmes d'angoisse lorsque l'amour avait pris fin, des insultes constantes, l'alcool, les mauvais traitements dans les pires moments. Et au milieu de tout cela, deux enfants qui souffraient.

À la fin, comme d'habitude : l'autre femme. Plus jeune, née et éduquée pour être épouse et mère. Ils eurent deux nouveaux enfants, des garçons. Et il était heureux, s'il fallait croire la rumeur.

Soudain, elle se souvint qu'il était mort d'un infarctus.

Elle avait mal entre les omoplates, pour se reposer il fallait qu'elle soit sur le dos. Elle était bien, mais elle ne pouvait jamais s'endormir dans cette position.

Donc, elle était bien éveillée.

Les problèmes avaient commencé lorsqu'elle avait refusé d'abandonner son travail. Certes, elle était amoureuse. Mais les années à l'École normale et le travail intéressant dans sa première école furent plus forts…

Et puis, il y avait l'amour-propre. Face à la mère, aux proches, aux rêves de l'homme, à l'image de la bonne épouse avec le bon repas qui attend sur la table.

Elle eut des enfants et devint une mère contre nature, dirent sa mère et ses frères. Et la famille et la société.

Le pire, c'était avec le mari, lui qui était suffisamment viril pour nourrir sa famille.

Cela s'est passé comme cela devait se passer, se dit-elle ; elle se tourna sur le côté et pensa que Katarina était architecte et qu'en Californie, ils devaient en avoir besoin.

L'idée la réconforta et le sommeil vint enfin.

Katarina s'endormit sitôt qu'elle posa la tête sur l'oreiller. Mais elle se réveilla dès l'aurore et ses pensées se tournèrent vers Jack, vers son sourire en coin quelque part entre la joie et l'ironie. Aucun été n'avait ressemblé à celui-ci, la voile gonflée de vent, la mer d'éternité, le soleil, les rochers et la petite maison sur l'îlot, qu'il avait empruntée à un collègue.

Dieu, qu'il lui manquait.

Et puis, l'idée qui faisait mal : je l'ai dupé.

— Pas consciemment, dit-elle tout haut.

En fait, elle avait oublié ses pilules en ville.

Elle avait pensé téléphoner à son gynécologue pour lui demander d'envoyer une ordonnance à la pharmacie de Norrtälje.

Mais elle avait aussi oublié de le faire.

Et si elle avortait, il ne le saurait jamais.

À l'aube, Elisabeth et Katarina se retrouvèrent dans la buanderie. Elles rirent, nues, chacune dans une grande bassine remplie d'eau. Il faisait froid, Katarina frissonnait lorsqu'elle s'enveloppa dans son drap de bain, et Elisabeth lui frictionna le dos et les bras. C'était là que se trouvait l'unique miroir en pied de la maison, taché, abîmé par l'humidité et le froid.

Soudain, elles pouffèrent de rire en voyant leur image.

— C'est fou ce que nous nous ressemblons, remarqua Katarina.

— Mmm, oui, mais tu es beaucoup plus jolie que moi, répondit Elisabeth. Tu l'as toujours été.

— Arrête, maman. Regarde nos longs nez, la puissante ligne du menton, les yeux bleus et les grandes bouches. Exactement pareils. Même les cheveux, la crinière blonde et épaisse.

— Je teins les miens.

— Moi aussi.

Elles éclatèrent de rire. Et Elisabeth pensa que le bonheur les avait effleurées pendant un instant.

— Bon, on va faire du café.

Elles coururent dans le vent, l'air était froid et transparent.

Elisabeth avait déjà allumé le fourneau, la cuisine était chaude et, bientôt, l'arôme du café se répandit sur la table de la cuisine où il y avait du pain, du beurre, du fromage et de la marmelade.

— Tu as l'air en colère, dit Katarina.

— Tu as toujours confondu colère et détermination en ce qui me concerne.

— Alors, tu es déterminée ?

— Oui, tu veux me dire quelque chose. Et je suis prête à t'écouter.

— Très bien, maman. Je vais avoir un enfant, mais je ne vais pas me marier, lança-t-elle comme elle s'y était préparée.

Le bois crépitait. C'était tout ce que l'on entendait dans la cuisine et Katarina voulait crier : « Vas-y, bon sang, dis quelque chose. » Puis, elle vit que sa mère pleurait, des larmes brillantes suivaient les rides des joues, cherchaient leur chemin tels les ruisseaux au printemps.

— Tu pleures ?

Elisabeth dut avaler plusieurs fois sa salive avant de retrouver sa voix :

— Des larmes de joie.

Et c'est tout ce qui fut dit ce matin-là.

Elles sortirent, silencieuses et rassurées, suivirent le chemin vers le grand bois. Elles revinrent à la maison avec une corbeille remplie de coulemelles, les passèrent à la poêle de même qu'un bifteck et convinrent que c'étaient les meilleurs champignons. Quelques boulettes de viande servaient d'accompagnement, mais elles n'étaient pas vraiment nécessaires.

Elles se retirèrent pour faire la sieste. Elles savaient que la soirée allait être longue.

Katarina dormit comme une enfant. Profondément, loin du doute et de l'anxiété. Elle avait pris sa décision.

Le crépuscule tomba et apporta la tempête avec lui. Le vent était plein nord. Les fenêtres de la cuisine tremblaient, aussi elles allèrent dans la pièce principale et allumèrent le poêle en céramique.

— J'ai passé un accord avec Jack, comme je l'ai fait avec d'autres. J'ai dit que je voulais être libre et profiter du temps passé ensemble.

Tandis qu'elle racontait, elle revoyait le visage de Jack, son étonnement et son sourire soulagé, ce sourire en coin dont elle était tombée amoureuse. À la fin, il s'était transformé en un grand rire.

« Tu es magnifique », avait-il dit et tout de suite après, « Je suis marié et j'ai deux enfants. »

Cela avait fait mal mais elle avait su trouver les mots :

« Il n'y a pas de souci. Nous ne causons de tort à personne en nous amusant ensemble un été. »

Et c'est ce qui aurait dû se passer, pensa-t-elle.

Ensuite, elle dit à sa mère :

— Seulement, j'ai oublié mes pilules lorsque nous sommes sortis du port de Vaxholm.

— Oublié, répéta Elisabeth.

Katarina entendit la répétition, l'écouta longuement et lui donna raison.

— Bon, d'accord, je l'ai utilisé.

— Connaît-il son... bonheur ?

— Non.

Le silence dura longtemps. Elisabeth ajouta de nouvelles bûches dans la cheminée.

— En temps normal, cela n'aurait pas été un problème, maman. J'aurais avorté. Mais maintenant, il y a quelque chose en moi qui veut avoir l'enfant. C'est si fort, j'ai du mal à m'y opposer.

— Que feras-tu s'il divorce ?

— Je dirai non. Je ne veux pas me marier. Et surtout pas avec un homme qui sacrifierait sa carrière et deux jeunes enfants pour moi. Non, maman.

— L'aimes-tu ?

— Oui, c'est cela qui rend les choses plus difficiles.

Dans le silence, elles entendirent un hibou hululer. Elles tressaillirent et se sourirent.

— Tout n'est pas complètement mort ici, dit Katarina.

— Oh non, si tu te lèves à l'aube, tu verras les élans se promener dans la cour.

— Maman, je croyais que tu allais me dire d'avorter.

Les yeux d'Elisabeth se durcirent et son visage devint écarlate.

— J'ai moi-même avorté, dit-elle finalement. C'est la chose la plus honteuse que j'aie jamais faite, et je ne me le suis jamais pardonné.

Katarina resta muette d'étonnement.

— C'était après le divorce, quand toi et moi habitions dans une sous-location à Göteborg. J'ai eu quelques liaisons, poursuivit Elisabeth.

Elle rit devant le visage de Katarina :

— Tu ne t'en doutais pas. La vérité est que je les ai savourées. C'est seulement à ce moment-là que j'ai pu ressentir ce que pouvait être le sexe. C'était une époque exquise, remplie de secrets.

Katarina se sentit curieusement offensée. Presque honteuse. Je suis complètement folle, pensa-t-elle. Puis, elle dit :

— L'avortement, qu'est-ce qu'il avait de si terrible ?

— Tout. Le mépris du personnel, la brutalité du médecin, les scalpels, le spéculum, la lumière pénétrante à l'intérieur de ma féminité. Parfois, je pense que c'est là que vit l'âme. Chez les femmes.

Il lui fallut un moment avant de pouvoir continuer :

— La douleur, mon Dieu. C'était horrible. Pas d'anesthésie, un flot de sang…

Les souvenirs ridèrent le visage d'Elisabeth, la vieillirent. Mais elle s'obligea à poursuivre :

— Et puis, pendant des années, la question de savoir qui elle était, la petite fille qui t'aurait tant ressemblé.

— Comment sais-tu que c'était une fille ?

— C'est le docteur qui me l'a dit. J'avais attendu trop longtemps, tu comprends. C'est sûrement pour cela qu'il y avait tout ce sang.

Elisabeth se leva soudain, secoua son corps comme un chien mouillé et déclara :

— Je sors la bouteille de cognac.

Et l'occasion passa ; Elisabeth ne saurait rien de l'avortement de Katarina.

Elles trinquèrent. Elisabeth vida son verre, Katarina pensa au futur bébé et trempa ses lèvres.

— Comment diable pouvais-tu croire que je te conseillerais d'avorter ? Tu es une personne très indépendante, tu as un bon boulot. Tu vis dans une société où les mères seules sont nombreuses et respectées.

Katarina chercha ses mots :

— Maman, il ne s'agissait pas de cela. Mais de moi qui ne jouais jamais à la poupée et qui détestais les bébés. Je n'ai pas la fibre maternelle et je ne suis pas douée pour l'affection. La seule chose pour laquelle je suis douée quand il s'agit de relations, c'est le sexe.

Malgré sa gorge nouée, elle se força à poursuivre :

— Je crois que je vais faire du mal à l'enfant, tu comprends !

— Toutes les mamans pensent ça la première fois.

— Tu veux dire que ça s'apprend ?

— L'enfant te l'apprendra. Du reste, les sentiments sont assez semblables.

— Semblables à quoi ?

— Un bébé, c'est très sensible, Katarina. Il a besoin de réalité physique, constante, et proche. Et puis tu sais, les corps ne sont pas très doués pour mentir.

Katarina plongea ses yeux dans ceux de sa mère.

Au milieu du lourd silence, Elisabeth se mit à rire et reprit :

— J'ai oublié de dire que l'enfant que tu as dans ton ventre va être beaucoup plus exigeant que n'importe quel homme.

Katarina esquissa un sourire.

— Tu n'as jamais été douée pour réconforter.

— Non, les mots de réconfort, c'est comme de la crème fouettée, quelque chose que l'on met par-dessus.

— Je me souviens que tu avais l'habitude de dire ça.

— Tu as manqué de réconfort quand tu étais petite.

— Eh bien, il m'a fallu du temps pour apprendre que la franchise c'est mieux, même si elle n'a pas bon goût et si elle est difficile à digérer.

Mais Elisabeth fit non de la tête :

— La franchise, c'est très difficile, Katarina. Nous savons très peu de choses sur elle. La plupart de ceux qui préfèrent réconforter cherchent à se consoler de leurs propres craintes.

Elle resta longtemps silencieuse comme si elle cherchait ses mots.

— Ce que je veux dire c'est que ne pas réconforter, c'est avoir du respect pour l'autre et pour sa douleur.

— Tu es maligne, maman. À propos, n'oublie pas que le premier réconfort, c'est la nourriture.

— Allons nous préparer des sandwichs. Du pain craquant avec du fromage, répliqua Elisabeth en riant.

Ce qu'elles firent. Sous les rafales du vent, les fenêtres de la cuisine vibraient et, tout d'un coup, elles n'eurent plus rien à se dire.

— Nous nous occuperons des détails pratiques demain, dit finalement Elisabeth. Tu sais que tu peux compter sur moi.

— Je l'ai compris et j'ai un plan.

— Il ne me reste plus qu'un trimestre à la fac. C'est formidable d'arriver à l'âge de la retraite.

3

Si bien que fût Katarina dans sa tête, malgré sa force et sa confiance, elle n'arrivait pas à dormir, incapable de faire le vide.

Cette histoire avec Jack...

Elle devait réfléchir de nouveau à cette conversation qu'elle devait...

Mais les pensées ne voulaient pas lui obéir. Les souvenirs de la rencontre entre Jack et sa mère revenaient sans cesse. Ils prenaient la forme d'images très nettes comme si elle avait filmé le week-end à Gävle.

Tout commença dans l'appartement du quartier Söder à Stockholm, lorsque Jack annonça qu'il voulait rencontrer sa mère.

— Tu parles tellement d'elle. En fait, comment estelle ?

— Bon, je lui téléphone pour lui demander si on peut aller lui rendre visite ce week-end.

Ce fut une longue communication, remplie de rires complices. Jusqu'à ce que Katarina jetât un coup d'œil sur Jack et vît comme il angoissait. Elle passa à l'anglais et dit qu'elle avait un ami américain avec elle.

— *So you have to brush up your English, mummy*.

Nouveau grand rire de Jack qu'il ponctua de l'expression qu'il avait apprise : « Salut ! »

— Qu'est-ce qu'il y avait de si drôle ?

— Maman est professeur. D'anglais. *The Queens*, tu sais.

L'air était ivre de printemps, le soleil brillait et les arbres de la cour sous sa fenêtre fleurissaient sur leurs branches nues lorsqu'elle le réveilla.

— Lève-toi, la vie est belle.

— Ça sent le miel, murmura-t-il d'une voix ensommeillée.

— Oui, ce sont les érables qui sont en fleurs.

Une heure après, ils étaient en route.

— Vois-tu les anémones des bois, regarde le sol dans la forêt. Nous devons nous arrêter en cueillir pour maman. Chez elle, ce n'est même pas l'époque des anémones bleues.

Jack soupira mais la suivit gentiment. Ils eurent bientôt un gros bouquet que Katarina enveloppa dans le journal du jour qu'elle humidifia dans le ruisseau.

— Merveilleux, dit-elle.

— Très exotique, répliqua-t-il.

Un moment après, il demanda :

— Vous vous ressemblez, ta mère et toi ?

— Oui. Nous avons le même menton et le même front large, la même expression déterminée et les mêmes cheveux blonds épais. Et nous sommes de la même taille.

Après un instant, elle poursuivit :

— En revanche, nous n'avons pas les mêmes yeux. Les siens sont bleu clair, presque transparents. Comme une couleur d'aquarelle avec beaucoup d'eau. Quand j'étais petite, je croyais qu'elle pouvait voir à travers les gens, lire leurs pensées et percevoir leurs sentiments.

— N'était-ce pas désagréable ?

— Cela l'a été un moment. Après, j'ai compris qu'elle voyait à l'intérieur lorsqu'elle avait ce regard extralucide.

— Comment cela, à l'intérieur ?

— À l'intérieur d'elle-même.

— Crois-tu qu'elle... pensera du bien de moi ?

— Elle a rarement une opinion. Elle prend les gens comme ils sont et les accepte.

— Cela paraît aussi désagréable.

— Jack, écoute-moi. C'est difficile de décrire sa mère. Mais pour que tu te fasses une idée d'elle, je vais te raconter sa réaction la première fois que je suis tombée amoureuse. Tu sais, le plus beau garçon de la classe m'avait invitée au cinéma. Je m'étais imaginé que j'étais amoureuse, mais j'étais flattée simplement. Et très excitée, bien sûr.

» À cette époque, aller au cinéma impliquait de longs baisers dans l'obscurité et beaucoup de câlineries. Tout cela, pendant qu'un cow-boy chevauchait dans la prairie un pistolet à la main. C'était une merveilleuse combinaison de sensations. Mon corps se consumait et ils tiraient comme des fous dans le western.

Jack rit, il reconnaissait tout cela.

— Nous étions si excités que nous avons continué à la maison sur le canapé du living. Maman était allée à une conférence, j'avais perdu la notion du temps, et, tout d'un coup, elle était là, à la porte. Lorsqu'elle vit ce qui se passait, elle se dirigea vers la cuisine, ferma la porte derrière elle et prépara du thé.

Katarina fit une pause, pouffa de rire à ce souvenir :

— On aurait dit que le garçon allait tomber à la renverse mais il ramassa ses vêtements à la hâte et se jeta dans l'escalier. Mes jambes tremblaient lorsque je me suis assise dans la cuisine près de maman. Mais elle sourit et dit qu'elle comprenait. Que c'était naturel à mon âge. Le corps devait pétiller. Puis elle ajouta que lorsque je me sentirais mûre pour prendre la responsabilité d'une relation sexuelle, je devais lui en parler. Elle me procurerait la pilule.

Katarina était satisfaite de son récit. Mais Jack était choqué, son visage écarlate.

Ils se turent le reste du voyage et se retrouvèrent dans le hall du vieil appartement. Elisabeth lui serra la main :

— Un vrai cow-boy. *Nice to meet you*.

Ce n'était pas une très bonne entrée en matière et le sourire de Jack fut encore plus de travers que d'habitude. Elle avait une pizza au four, achetée toute prête, et elle avait mis la table sans nappe dans la cuisine. Un peu de salade pour accompagner et quelques bières.

Katarina vit ce qu'il pensait : elle ne s'est pas donné beaucoup de peine.

Ils parlèrent du printemps, Katarina offrit son bouquet d'anémones. Le visage des deux femmes brillait tandis que, près de l'évier, elles arrangeaient avec soin les fleurs dans le vase, anémone après anémone, comme si elles observaient un rite.

Lorsqu'ils se mirent à table, Elisabeth dit :

— Vous n'avez pas aimé que je vous appelle cow-boy ?

— Non, c'est un cliché suédois de l'Américain.

— Non, pas pour moi, ce n'est pas un cliché. Pour moi, un cow-boy, c'est un archétype. Le héros, fort et beau, courageux et au cœur pur, simple et à la fois inébranlable. Comme le garçon dans la fable qui partit en guerre contre le dragon. Dans un monde où la vérité était encore quelque chose de simple et d'incontestable.

Katarina entendit Jack siffler de plaisir.

L'après-midi est sauvé, pensa-t-elle en invitant sa mère et Jack à passer dans le living. Elle s'attaqua à la vaisselle et prépara du café, tout en écoutant d'une oreille toutes les théories de Jack sur l'ancien culte de la mère. Elle l'avait entendu faire des exposés sur les fouilles de Tel Al où l'on avait trouvé les plus anciens corps de femmes sous les sédiments d'après le Déluge.

— Elles étaient minces et élégantes et peintes en noir et rouge, précisa-t-il en poursuivant avec les interprétations très divergentes des historiens concernant le pouvoir de la grande déesse sur les âmes en ces temps-là.

Lorsque Katarina les interrompit avec les tasses, le plat à gâteaux et le café, elle l'entendit affirmer :

— Vous faites une interprétation féministe, à la manière des femmes de notre époque. Mais ce n'est pas aussi simple, c'était un rite de fertilité, propre au miracle de la mise au monde.

Elisabeth hocha la tête, chercha une citation et la trouva :

— Il n'y a pour tous qu'une façon d'entrer dans la vie... J'ai été modelé en chair dans le sein de ma mère... où dans son sang j'ai pris consistance grâce à la semence virile. Littéralement, du livre de la Sagesse.

— Il faut que j'écrive cela, dit Jack.

Quand il revint avec son carnet de notes, Elisabeth s'exclama :

— C'est tout de même curieux cette résurgence du mythe de la Mère toute-puissante aujourd'hui : la bonne mère si importante pour les enfants. Et ce mythe est utilisé, comme vous le savez, pour attacher encore plus fortement les femmes au foyer.

Ils burent leur café, le visage de Jack exprimait des sentiments contradictoires.

Ensuite, il dit de sa façon directe :

— Vous êtes fille de pasteur, je suppose que vous savez des tas de choses sur Dieu.

— Là, vous avez tort. Je sais beaucoup de choses sur la Bible, mais rien sur Dieu. Le seul dieu pour qui j'éprouve quelque sympathie est Jahvé de l'Ancien Testament.

— Le Dieu des juifs... ?

— Oui. Celui qui hait et qui punit, qui est jaloux et fou de pouvoir, qui juge et détruit. Le Dieu de Job, celui qui est aussi mauvais que l'homme. Mais moins conscient.

Jack faillit renverser son café, et pour une fois perdre aussi la parole. Mais il la retrouva après avoir essuyé la table :

— Si vous avez raison, c'était plus facile pour les gens de l'Antiquité, qui avaient de nombreux dieux.

— Ni vous ni moi n'en avons la moindre idée, dit Elisabeth en riant. Mais la multiplicité des dieux permet peut-être d'avoir plusieurs projections. Un dieu unique devient très paradoxal.

Lorsqu'ils quittèrent Gävle le lendemain matin, Jack et Elisabeth étaient devenus amis. Au petit déjeuner, il avait déclaré :

— En Amérique, le mythe de la bonne mère règne de façon absolue. Cela signifie que pratiquement toutes les mères ont mauvaise conscience.

Elisabeth opina de la tête :

— C'est la même chose en Suède.

— Mais vous avez l'air d'être libre ?

— Oh non, il y a beaucoup de choses que je n'ai pas faites et beaucoup d'autres que je n'aurais pas dû faire.

Il vit une ombre passer sur son visage et il regretta ce qu'il venait de dire. Elle poursuivit :

— J'essaie de croire que la culpabilité fait partie de l'existence. Il faut la gérer du mieux possible. Parfois, je pense que, malgré tout, c'est la culpabilité qui maintient la morale en vie.

Katarina entendit Jack prendre une profonde respiration.

Soudain, Elisabeth sourit :

— J'ai lu une enquête récemment. Américaine, bien sûr. Elle constatait qu'une fois adultes, c'étaient souvent les enfants de mères très bonnes et très attentives qui éprouvaient les plus forts sentiments de culpabilité. Les enfants qui se sortent le mieux de ce problème de culpabilité sont ceux qui ont eu des mères

« suffisamment bonnes ». *Good enough*, comme Winnicott disait. Cela me console.

Elle rit, mais Jack, qui n'avait jamais entendu parler de Winnicott, était soucieux lorsqu'ils se dirent au revoir.

4

Le vent était encore froid le lendemain autour de la maison. Elles dormirent longtemps, mais Katarina, qui s'était réveillée un instant à l'aube, avait observé un moment les élans, animaux majestueux, déambuler dans la cour.

Lorsqu'elle entendit sa mère allumer le feu dans la cheminée, elle descendit avec un dessin et un paquet de photographies.

— Regarde, c'est un pavillon dans une banlieue sympa au nord de la ville. Il appartient à un de mes collègues qui a très envie d'acheter mon appartement de Söder. Nous avons pensé que nous pourrions faire un échange.

— C'est une grande maison. Tu as les moyens ?

— Tu n'as pas idée de la valeur d'un appartement à Söder. Il vaut plus que la maison. Avec la différence je pourrai rénover la maison, la repeindre, etc.

— Mon Dieu !

— Ce qu'il y a de bien avec la maison, c'est que le premier étage est aménagé. Il y a une cuisine, un séjour, une chambre et une petite salle de bains. Tu aurais ton propre appartement, maman.

— Mon Dieu, répéta Elisabeth.

— Laisse Dieu tranquille et discutons toutes les deux, répliqua Katarina.

Mais Elisabeth se dirigea vers la cafetière et commença à sortir du pain et du beurre.

— Il y a un jardin... dit-elle finalement.

— Maman ! Est-ce que nous ne pouvons pas parler sérieusement ?

— On dit que ce n'est pas bien que des enfants adultes vivent avec leurs parents.

— Tu ne t'es jamais préoccupée des on-dit...

— Mais il y a des difficultés, Katarina.

— J'en suis consciente. Nous sommes trop proches l'une de l'autre.

— Je ne sais pas.

— Que veux-tu dire ?

— Si à toutes les étapes de la vie on peut faire confiance à une autre personne, on n'a pas besoin de rester sur ses gardes, comme tu le fais.

Katarina sentit la colère monter en elle. Elle répliqua en se redressant :

— Et toi, tu ne le fais pas ? Toi qui ne demandes jamais rien ou qui ne donnes jamais de conseils. Toi qui ne dis jamais ce que tu penses. Alors qu'on sait très bien que tu penses tout le temps.

Les yeux d'Elisabeth semblèrent fixer un point au loin. Il était là ce regard qui effrayait Katarina lorsqu'elle était enfant. Elle essaya de se retenir, mais en vain. Elle poursuivit en s'enflammant :

— Tu appelles respect cette façon de ne pas te mêler des affaires des autres et de ne pas faire confiance. Que crois-tu que j'ai ressenti hier soir quand tu m'as raconté tes histoires d'amour et ton avortement ?

Elisabeth était aussi pâle que Katarina était rouge. Mais d'une voix raisonnable et froide, elle répondit :

— Nous héritons de nos modèles. Et des pires, nous faisons des anti-modèles. Pour survivre, ma mère voulait tout savoir de moi.

— Je sais, je connaissais grand-mère, une femme qui se nourrissait de ses enfants. De toi et de tes frères. Sans oublier Olof.

— Tu te trompes, protesta Elisabeth en pleurant.

Émue, Katarina eut mauvaise conscience et traversa la cuisine pour prendre sa mère dans ses bras.

Elisabeth se moucha dans une feuille de papier absorbant.

Katarina s'assit et elles se turent.

Finalement, Elisabeth décida de faire une tentative.

— Je loue ton premier étage pour un an. J'emménagerai à Noël, comme cela je serai près de toi lorsque tu auras besoin de moi. Après, nous verrons.

— Tu gardes ton appartement à Gävle ?

— Oui, je le sous-louerai.

Elisabeth avait beaucoup d'amis. Elle était membre actif de toute une série d'associations et de clubs. Elle donnait des conférences sur ses recherches. En ville, c'était vraiment quelqu'un ! Elle avait beaucoup à perdre. À son grand étonnement, Katarina réalisa qu'elle n'avait jamais pensé que sa mère avait une vie à elle.

Katarina fut prise de remords :

— Tu n'as pas besoin de déménager, maman. Je me débrouillerai.

— D'abord, tu ne sais pas de quoi tu parles. Ensuite, j'aimerais représenter quelque chose pour cet enfant. Tu sais à quoi je pensais cette nuit ?

— Non.

— Que prendre ma retraite anticipée était un signe de Dieu.

— La fille du pasteur a parlé, dit Katarina, et Elisabeth sourit.

Elles passèrent la journée à régler les détails pratiques. Purger le système d'eau, nettoyer, installer des pièges à rats, placer les fenêtres intérieures et les coller, vider le garde-manger, dégivrer le réfrigérateur et le congélateur.

Elles devraient partir ensemble, Elisabeth pour aller donner ses cours à Gävle, Katarina pour aller parler à Jack à Stockholm.

— J'ai peur, avoua-t-elle.

— Mais Jack est une personne sensée.

— L'est-il vraiment ? Ce matin, je me disais que je ne savais peut-être rien de lui.

Il faisait tellement chaud qu'elles prirent leur dernier repas dehors.

Au café, Katarina dit :

— Que penses-tu de l'amour, maman ?

— Tu veux dire, le grand, le romantique... ?

— Oui.

— Je ne l'ai jamais vécu, je n'ai aucune opinion. Tu dois en savoir plus, tu es tombée amoureuse tellement de fois.

— Oui, j'en connais un rayon sur les amourettes.

Elle rit avant de poursuivre :

— On devient amoureux. Le sang chante et les oiseaux gazouillent dans la tête. On devient si physique, c'est super.

— Cela me semble très égocentrique.

— Non, pas du tout. C'est sa peau contre ma peau, c'est un voyage de découverte dans le corps d'un autre, dans un corps d'homme très différent. Ce sont des yeux qui se noient et des bouches qui se réunissent. Ce n'est pas égoïste, au contraire. C'est comme si on s'abandonnait. C'est de la folie, une merveilleuse folie. Aussi longtemps que l'on ne mélange pas avec l'amour. Tu sais bien, les promesses, les contraintes, les complications, les exigences.

Elisabeth se mit à rire, mais Katarina hésita avant d'oser poursuivre :

— Avec Jack, ce n'est pas pareil. J'ai l'impression de le connaître depuis toujours. C'était tellement bizarre, maman. Il était si différent. Il correspondait à tous mes préjugés sur les Américains. Sa façon d'être tellement direct, tellement ouvert, qui fait paraître les demi-vérités plus crédibles que n'importe quelle vérité. Et en plus, une gestuelle venue tout droit d'Hollywood. Pourtant...

Le regard de Katarina se dirigea vers la forêt. La voix remplie d'étonnement, elle poursuivit :

— C'était complètement fou. J'étais là, mes yeux plantés dans les siens comme si je l'avais connu toute ma vie.

Elle ferma les yeux et se souvint de la fête ennuyeuse, du bref serrement de main et de la réplique saugrenue de Jack : « Mais te voilà, belle Suédoise ! »

Les heures passaient, le soleil s'enfonçait petit à petit derrière les montagnes à l'ouest. Il était temps de se mettre en route.

Elles se regardèrent longuement avant de regagner leurs voitures.

5

Une fois sur l'autoroute E4 à hauteur d'Uppsala, Katarina se souvint que juste à cet endroit-là Jack lui avait posé une question alors qu'ils étaient en route pour Gävle.

— La plupart des gens détestent leur mère pour tel ou tel trait de caractère ou d'habitude. On dirait que ce n'est pas ton cas.

Elle avait tardé avant de répondre.

— Si, bien sûr. Le pire, c'était à l'adolescence, mais même aujourd'hui je peux me mettre en colère. Surtout parce qu'elle a toujours raison.

Elle s'était mise à rire comme si elle pensait à quelque chose de drôle.

— Elle m'agace souvent avec tous ces mots qu'elle emploie, toujours à propos, toujours bien formulés. Elle m'exaspère avec ses connaissances sur tout, la société, l'histoire, les religions et la psychologie. Il m'arrive de lui crier après. Mais c'est seulement mon côté puéril qui ressort. Elle le sait, je le sais et nous pouvons en rire au bout d'un moment.

Jack avait secoué la tête. En silence, il avait appuyé sur l'accélérateur après le dernier feu rouge à la sortie d'Uppsala. Puis, à contrecœur, il avait dit :

— Ma mère ne formule pas bien ses propos. Son langage est assez elliptique. La plupart du temps, ce sont des sous-entendus, des sortes de sous-titres. Tu sais, ces mots qui sont jugés beaux dans les romans mais qui sont détestables dans la vie de tous les jours. Surtout pour un enfant qui lutte pour faire plaisir.

— Je comprends. Ma grand-mère était ainsi, une dame, comme elle disait elle-même. Cela impliquait des revanches dans tous les domaines et surtout, je crois, lorsqu'il s'agissait de l'amour. Les femmes respectables se devaient d'être indifférentes au sexe.

Elle avait soupiré avant de poursuivre :

— Cela signifiait qu'elle devait être séduite, tu comprends ? Prise contre sa volonté. Et grand-père n'était pas un séducteur.

D'une voix triste à présent, elle soupira et reprit :

— Elle reporta sa souffrance sur ses enfants. Elle enchaîna Elisabeth. Elle la surveilla, elle exigea d'avoir accès à ses pensées et à ses sentiments. On appelle cela de l'amour, en fait c'est comme un acte de violence.

L'instant d'après ils étaient sur l'autoroute de Stockholm. Il conduisait vite, trop vite, et ses mains serraient le volant si fort que les jointures de ses doigts étaient devenues toutes blanches.

À sa grande honte, elle réagissait exactement comme sa mère, en faisant des associations trop rapidement et en utilisant trop de mots.

On était alors au mois de mai, à présent on était fin septembre.

Lorsqu'elle dépassa Norrtull et roula vers Söderleden par le tunnel, elle se rendit compte que ses souvenirs étaient particulièrement nets, qu'elle se rappelait au mot près le voyage à Gävle, la soirée avec sa mère et la conversation assez désagréable du retour. Elle avait toujours eu des difficultés à se souvenir. Elle avait l'habitude de dire que ses souvenirs perdus ressemblaient à des trésors enfouis au fond de la mer. Parfois, avec tristesse, elle pensait que les gens sans souvenirs sont unidimensionnels.

Un rêve lui revenait souvent. Elle plongeait dans l'eau obscure pour retrouver des coffres dans la boue au fond de l'eau. Mais ils étaient lourds et cadenassés, impossibles à ouvrir. La plus belle partie de son rêve était lorsqu'elle remontait vers la surface à brasses énergiques, remplissait ses poumons d'air et secouait la tête pour enlever l'eau de ses cheveux. Elle se laissait longtemps porter par l'eau, au gré des vagues et goûtait le soleil et le vent.

La dernière fois, elle s'était réveillée avec une sensation bizarre, en pensant que c'était bien que les coffres fussent verrouillés.

6

Mal à l'aise, elle gara sa voiture dans le garage, ouvrit la porte de l'appartement et vit le manteau de Jack jeté sur l'étagère dans le vestibule. Assis dans un fauteuil du living, il se leva d'un bond.

— Te voilà, enfin.

Elle jura intérieurement. Ils s'embrassèrent et elle pensa que ce serait bien de pouvoir régler le problème tout de suite.

L'instant d'après elle remarqua qu'il était troublé, presque secoué.

— J'ai besoin d'un verre, lança-t-il.

Katarina alla chercher la bouteille de whisky. Un grand verre pour lui, une larme pour elle.

Il but d'un seul trait et raconta :

— Ma mère est malade. C'est peut-être un cancer.

— Oh Jack, c'est terrible. Elle est à l'hôpital ?

— Oui, sous perfusion.

— Mon Dieu... Il faut que tu ailles la voir.

— Oui, il y a un avion tôt demain matin pour Francfort. Ensuite vol direct pour L.A.

— As-tu parlé à son médecin ?

— Non, seulement avec ma sœur et...

— Et qu'a-t-elle dit ?

— Que maman avait dit qu'elle ne pouvait pas mourir avant de m'avoir vu.

De lourds nuages passèrent sur le visage de Katarina. Il s'aperçut que ses yeux se rétrécissaient lorsqu'elle demanda :

— Tu as bien parlé à ta femme ?

— Non, cela ne sert à rien. Elle va dire que ma mère joue la comédie et me mène par le bout du nez, comme d'habitude.

Il tendit son bras pour qu'elle lui verse un nouveau verre.

— Maman et Grace ne s'aiment pas beaucoup.

Katarina se tut. Ne voulant pas poser de questions, elle remarqua seulement :

— Nous ne savons vraiment pas grand-chose l'un de l'autre.

Il dit en souriant :

— C'est cela qui a été magique et merveilleux entre nous. Pas de questions, pas d'exigences.

Katarina sentit les flammes de la colère monter en elle. Elle tenta de se refréner, de respirer profondément, de se moquer de son cœur qui battait à tout rompre. Tais-toi, pensa-t-elle, ferme-la.

Mais elle ne put se retenir et s'entendit dire :

— C'est différent maintenant, Jack. J'attends un enfant.

Au bout de quelques secondes, Jack se redressa, se dirigea vers elle en criant :

— Comment t'es-tu débrouillée ?

— J'ai oublié mes pilules à la maison.

— Oublié !

Il hurla :

— Avorte, bon sang. Ce n'est pas un problème dans ce putain de pays socialiste.

— Non.

— Tout le monde sait que tu es une pute, que tu changes d'hommes comme d'autres changent de slip.

Elle ne répondit pas, elle savait qu'il savait que l'enfant était de lui. Il fit un pas de plus dans sa direction et lui donna un coup de poing au-dessus de l'oreille gauche. Puis sur le nez. Ne pas s'évanouir, pensa-t-elle, surtout ne pas s'évanouir. Le nez en sang, elle réussit à aller jusqu'à la salle de bains et s'enferma à clef. Avec une serviette-éponge elle essaya d'arrêter l'hémorragie. Son oreille lui faisait mal. Elle s'assit sur le siège du W-C et se mit à avoir des visions.

— Ouvre cette foutue porte, espèce de putain, cria-t-il en donnant des coups sur la porte.

Tout tournait autour d'elle mais elle réussit à se reprendre :

— Jack, dit-elle, d'une voix résolue. J'ai le portable dans ma poche. Si tu ne quittes pas mon appartement maintenant, je dis bien MAINTENANT, j'appelle la police. Dans ce putain de pays socialiste, il est interdit de battre les femmes. Et la police t'arrêtera à l'aéroport d'Arlanda.

Après quelques secondes de silence, il se mit à crier :

— Combien tu veux ? Je te paye. Je te donne de l'argent. Des dollars, tu entends ?

— Va-t'en.

La porte d'entrée claqua. D'un pas chancelant, Katarina sortit de la salle de bains, verrouilla l'entrée et mit la chaîne de sécurité. Elle avait abominablement mal à l'oreille.

Elisabeth avait téléphoné plusieurs fois. Elle avait laissé sonner longtemps. Aucune réponse.

Ils sont peut-être allés au restaurant, songea-t-elle. Mais Katarina avait promis de téléphoner et elle tenait toujours parole.

Soudain elle prit peur, affreusement peur. Il était 22 heures. Il lui faudrait plus de trois heures en voiture. Olof, pensa-t-elle. Il faut que j'appelle Olof à Uppsala.

Il répondit. Dieu merci, il répondit.

— Il est arrivé quelque chose à Katarina, cria-t-elle. Tu as les clefs, je t'en prie…

— J'y vais tout de suite, maman.

Une heure plus tard, il sonnait à la porte. Personne ne vint ouvrir, mais par la fente de la boîte à lettres, il vit que la lumière était allumée dans l'entrée. Sa clef fonctionnait mais il ne pouvait pas entrer à cause de la chaîne de sécurité. Il tapa sur la porte en appelant. Au bout d'un moment, il l'entendit crier :

— *Go to hell, I never, never...*

La voix se tut. Il souleva la fente de la boîte à lettres et cria :

— C'est moi, Olof. Tu m'entends ?

Dix minutes plus tard, il avait enlevé tout le sang de son visage. Elle frissonnait. Il l'enveloppa dans des couvertures mais elle n'arrêtait pas de trembler.

Il appela l'ambulance. Elle allait arriver dans un quart d'heure. En l'attendant, il appela Elisabeth :

— Katarina a eu... Elle est blessée. J'attends l'ambulance pour l'amener à l'hôpital de Söder. Je t'appelle dès que je peux. Essaie de dormir un peu.

Elisabeth s'habilla, descendit dans le garage prendre sa voiture et partit pour Stockholm.

Dans la salle d'attente, Olof échafaudait différents plans pour tuer l'Américain. Un médecin vint lui dire que Katarina avait un tympan crevé et des lésions dans le canal auditif.

— Qui êtes-vous ? demanda le médecin d'un ton soupçonneux.

— Je suis son frère.

Le docteur eut l'air sceptique. Olof lui raconta que, ayant de mauvais pressentiments, sa mère l'avait appelé pour lui demander d'aller voir sa sœur. Il dut toutefois montrer ses papiers d'identité.

L'infirmière de garde apporta du café et une brioche à la cannelle.

Les heures passèrent. Le médecin revint annoncer que l'ouïe de Katarina avait pu être sauvée mais qu'elle devait rester en observation pour la nuit.

— Vous, le pasteur, vous pouvez rentrer chez vous et prier pour elle.

Habitué aux sarcasmes, Olof sourit.

— Mais je suis obligé d'avertir la police. Ce sont des coups et blessures. Vous connaissez le coupable ?

— Je sais seulement qu'il est américain.

— Son nom ?

— Aucune idée, malheureusement. Mais ma mère le sait. Je viens de lui parler au téléphone, elle est en route. Si vous le permettez, je vais attendre qu'elle arrive.

Olof put s'allonger dans la chambre de Katarina et dormit quelques instants. Chaque fois qu'elle bougeait, il se réveillait.

Au milieu de la nuit, elle lui dit d'une voix étonnée :

— Olof, qu'est-ce que tu fais là ?

Il ne lui répondit pas, mais s'assit auprès d'elle et lui prit la main. Elle ferma les yeux et murmura :

— J'essaie de me souvenir.

Au bout d'un moment, elle ouvrit les yeux.

— J'ai tellement honte, Olof.

Il se retint pour ne pas crier que c'était cet abruti qui devrait avoir honte.

— Tu comprends, j'étais tellement amoureuse de lui.

— L'amour fou est souvent un signe que l'on... reconnaît l'autre. C'est comme un miroir de ses propres facettes.

Katarina parut étonnée, des rayons de lumière balayaient les ombres sombres de son visage.

— Dors maintenant, sœurette, murmura-t-il.

Elisabeth arriva à l'aube. Ses yeux plissés étaient injectés de sang après son long voyage au milieu de la nuit. Le médecin qui avait travaillé toute la nuit revint, les yeux aussi rouges que ceux d'Elisabeth.

— Je veux le nom de l'Américain, dit-il.

Elisabeth le lui donna, ainsi que son titre, conférencier invité de l'université de Stockholm.

— Je ne sais pas son adresse, ni ici ni en Californie.

— La police demandera à l'université.

Mais avant que le rapport du médecin n'arrive sur le bureau de la police, un avion avait décollé d'Arlanda. Cela n'avait aucune importance, Katarina avait refusé de porter plainte.

7

Ils retournèrent à l'appartement d'Åsögatan qu'Elisabeth s'efforça de remettre en ordre. Il y avait du sang sur le tapis du living et de grosses taches dans l'entrée. Le portemanteau était démoli et des manteaux et des vestes gisaient en tas sur le sol. Sur la table de la salle de séjour, une bouteille de whisky vide.

— Buvait-il ?

— Oui.

Leurs regards se croisèrent.

Katarina se glissa dans son lit et, bourrée de somnifères, elle s'endormit.

Olof téléphona à Erika du bureau. Elle soupira de soulagement lorsqu'il lui dit que, selon les médecins, Katarina entendrait de nouveau de l'oreille gauche. Mais ensuite elle haussa la voix :

— Lorsque tu as appelé, tu as dit que l'Américain attendait Katarina dans son appartement. Il devait avoir les clefs.

Olof aurait dû se tourner vers Dieu et prier. Au lieu de cela, il jura :

— Bordel de merde !

Elisabeth fouilla systématiquement tous les vêtements qu'elle trouva dans l'entrée, le bureau, les étagères, les tiroirs de la cuisine.

— Il faut y aller, dit Olof.

— Il faut qu'on se repose quelques heures, répondit Elisabeth.

Ce qu'ils firent. Ils dormirent, mangèrent même quelques sandwichs avant d'installer Katarina sur le siège arrière de la grande Volvo d'Olof. Elisabeth les suivit avec sa voiture. À Uppsala, Erika avait préparé le dîner et des lits bien chauds.

Dans le hall, Katarina tint longtemps les mains d'Erika dans les siennes. Ça ne l'enchantait pas beaucoup de dépendre de sa belle-sœur, cette Lapone un peu bizarre qui fabriquait sa propre sagesse de toutes pièces alors que d'autres la recherchent à grand-peine dans les livres.

Se doutant que Katarina aurait du mal à mâcher, Erika avait préparé un biberon de soupe.

C'est Erika tout craché, pensa Elisabeth tandis qu'elle veillait à tenir le biberon correctement dans la bouche de Katarina.

— Cela remonte à quelques années, dit-elle la gorge serrée.

Après le repas, Katarina ferma les yeux pour s'échapper vers le sommeil.

Tout à coup, deux petits anges se retrouvèrent de chaque côté de son lit et le plus âgé murmura :

— On peut te faire un câlin ?

— Seulement sur la main, murmura-t-elle à son tour, et elle sentit les petites mains des garçons caresser ses bras et ses poignets.

— Il était ivre, celui qui conduisait ?

— Oui, fou et ivre.

— Il ne savait pas ce qu'il faisait, dit Samuel.

— Non, il ne savait pas.

— Mais tu vas aller mieux, papa l'a dit.

— Oui, bientôt.

— Alors, nous pourrons dessiner des histoires.

— Je te le promets.

Elle ouvrit les yeux et regarda les garçons en savourant leur beauté. De la porte, ils lui firent un signe de main.

Elle ne réussit pas à s'endormir. Des images claires et bizarres de sa vie avec Jack réapparurent. Cette fois-ci, elles provenaient de l'archipel. Une fois le bateau amarré au ponton, ils avaient enfilé leurs coupe-vent. Le vent soufflait, et ça chantait dans le gréement.

Il commença à poser des questions sur Olof et sa famille :

— T'entends-tu bien avec lui ?

— Oui, mon frère et moi avons toujours été très proches l'un de l'autre. Nous nous aimons beaucoup. Du fond du cœur, vraiment, avait-elle répondu sans réfléchir.

— Mais c'est un pasteur. Il doit bien penser quelque chose sur tous les hommes que tu as eus.

— Non, pourquoi le ferait-il ?

— Est-il au courant ?

— Oui, j'ai toujours parlé de tout avec lui. Beaucoup plus que je... n'ai jamais osé avec ma mère.

L'étonnement de Jack lui revint en mémoire. Elle se rappela sa réaction aussi. Opposition, doute.

— Écoute-moi, Jack. Olof n'est pas un berger qui considère son prochain comme un mouton perdu qui doit être rattrapé et traîné de nouveau dans l'enclos.

— Quel type de pasteur est-il alors ?

— Un pasteur qui respecte tout être humain et son choix de vie.

Jack avait secoué la tête sans comprendre. Au bout d'un moment, il avait dit :

— Je croyais que le devoir d'un chrétien était de garder les gens dans le droit chemin.

— Tu as vraiment une idée très étroite du christianisme. Tu devrais savoir que la religion, c'est beaucoup plus que le moralisme.

En silence, ils avaient mangé du jambon en boîte et bu une bouteille de vin.

Mais lorsqu'ils s'étaient faufilés dans leurs sacs de couchage et allongés sur leurs couchettes, il avait repris la conversation :

— Et sa femme, comment est-elle ?

Katarina avait pouffé de rire en disant que ce n'était pas aussi facile que ce que l'on pouvait croire.

— Tu comprends, Erika correspond exactement à l'image que l'on a d'une femme de pasteur. Elle fait du pain et des gâteaux, elle s'occupe du ménage et tient sa maison sans se plaindre, elle invite les paroissiens à venir prendre le café, et elle écoute les soucis et les chagrins des vieilles dames.

Maintenant, Katarina riait franchement.

— Tout correspond. Elle ressemble même à l'épouse et à la brave mère qui sait tout faire, au physique un peu carré avec des yeux bruns chaleureux. Pourtant, elle est la personne la plus surprenante que je connaisse. Elle est totalement imprévisible.

— Comment cela ?

— On ne peut jamais savoir comment elle va réagir. Si elle va être pour ou contre. Tout à coup, au beau milieu du quotidien, elle coupe court à une vieille conversation éculée et raconte avec calme et d'une voix douce les choses les plus extraordinaires, qui bousculent complètement tous les préjugés. On se rend compte, soudain, que cette femme au foyer avec ses enfants est extraordinairement intelligente. Et intuitive. Parfois, c'est presque fantastique. Comme si elle voyait dans l'au-delà, à travers les bancs de brouillard et les murs.

— Tu parais un peu bizarre quand tu parles d'elle. Tu ne l'aimes pas, avait-il dit.

Et Katarina avait reconnu :

— Je suis jalouse d'elle.

— À cause de ton frère ?

— Non, non, de ma mère. Elisabeth et elle sont de grandes amies. Intimes...

Elle se rappelait que sa voix était devenue semblable à celle d'une enfant. L'avait-il remarqué ? Probablement. Il avait paru plus gai lorsqu'il lui avait demandé :

— Ils ont deux petits garçons ?

— Oui, ils sont merveilleux, adorables.

Sa voix était devenue mélodieuse, en s'élevant vers le toit du rouf. Puis elle raconta ces années pendant lesquelles Erika et Olof avaient essayé de fonder une famille. Les examens médicaux, les nombreuses tentatives d'insémination, le doute. Erika ne pouvait pas avoir d'enfants et il n'y avait rien à faire. Dépressive, elle avait suivi une thérapie. À la fin, elle avait proposé de divorcer.

« Olof est fait pour être père », avait-elle dit à Elisabeth qui les avait invités tous les deux à sa maison de Ljusnan. Ils avaient passé des nuits entières à discuter et s'étaient laissés influencer par Elisabeth qui leur avait suggéré d'adopter des enfants.

Tous deux étaient engagés dans les mouvements en faveur du Vietnam et ils avaient des contacts dans ce pays déchiré. Après d'interminables procédures bureaucratiques en Suède et au Vietnam, ils avaient enfin pu aller chercher leurs enfants à Hanoi.

— Des enfants magnifiques, fantastiques, avait dit Katarina et, de joie, sa voix avait changé de ton.

Il s'était redressé dans sa couchette et d'une voix bourrue, il avait demandé :

— Alors tes neveux sont des Chinois ?

— Je ne sais pas si les Vietnamiens sont chinois.

Là-bas, sur le bateau, elle n'avait pas remarqué la distance qui s'était installée. Elle avait continué à parler des garçons, de leur beauté, leur grâce, leur savoir et leur intelligence.

— Ils sont extraordinairement brillants, avait-elle dit.

Et il avait rétorqué que les Chinois sont souvent malins, éveillés...

Avait-il dit « calculateurs » ? Elle ne se rappelait plus. Elle pensait seulement, dans son lit au premier étage du presbytère d'Uppsala, qu'il y avait eu des signaux d'avertissement.

Qu'avait dit Olof ? Un miroir à multiples facettes. Elle ne comprenait pas, elle ne voulait pas comprendre.

Son oreille lui faisait horriblement mal. Elle prit un cachet et s'endormit enfin.

8

Dans l'avion, Jack avait renversé son siège mais il n'arrivait pas à dormir. Il avait besoin d'un autre whisky. Depuis qu'ils avaient quitté Francfort, il en avait déjà bu deux et il avait un peu honte.

L'avion volait vers la lumière.

Dieu, qu'elle était belle avec ses longues jambes fuselées et bronzées, son port de tête, son long cou. Ses seins fermes et ses fesses rondes. Elle ressemble à la sculpture d'un ancien maître, avait-il pensé lorsqu'il l'avait vue marcher nue sur la plage.

Et son visage. Ses yeux étaient bleus comme un ciel d'été au crépuscule et très vifs. Facilement gourmande, sa bouche reflétait tous ses sentiments, ceux de vouloir posséder, de vouloir goûter son corps et son sexe.

Au début, il avait été choqué et elle s'était moquée de lui :

— Bon, finissons-en avec le puritanisme américain.

Le soir, en s'endormant enfin dans le rouf chaud, il comprenait qu'il n'avait jamais su ce que l'érotisme signifiait. Malgré toutes les femmes qu'il avait connues et son long mariage.

Elle m'a libéré.

Il n'osait pas penser à ce qu'il allait pouvoir faire de cette liberté. Il se mit à pleurer.

L'hôtesse s'approcha. Il murmura sa commande et, reconnaissant, accepta le double whisky. Il l'avala d'un trait et sut qu'il avait évité le souvenir de la fin de son amour avec Katarina.

Il n'y penserait plus jamais.

Il se réveilla avec un mal de tête. Il prit un cachet et décida de penser à Grace, à leur rencontre, à leur mariage et à leur première année dans leur nouveau foyer. Quand tout allait bien.

Elle était la fille de son directeur de thèse, un homme qui s'entendait bien avec ses thésards. Ils s'étaient rencontrés à une réception que donnait le professeur et Jack avait été présenté à ses deux filles. La plus jeune était mignonne et dépourvue d'intérêt, l'aînée était timide et mélancolique. Sexuellement, il avait toujours été attiré par les femmes tristes. Il tomba amoureux, bouleversé par l'envie de consoler, convaincu qu'il pouvait le faire.

Les yeux de Grace étaient grands, craintifs et presque noirs. Le désespoir avait dessiné des lignes amères autour de sa bouche.

Les parents de Grace l'avaient averti. Depuis son adolescence, elle souffrait de dépressions et les enchaînait les unes après les autres. Il avait haussé les épaules en disant une idiotie, du style : l'amour libère et pardonne.

Au début, tout s'était bien passé. Ils avaient acheté une maison, elle décorait leur foyer et suivait des cours de cuisine. Lorsque la mélancolie s'emparait d'elle, il la consolait en lui faisant l'amour jusqu'à ce qu'elle jouisse, en lui offrant un bijou, une chemise de nuit osée. Il était heureux et savourait son pouvoir.

Puis, leur premier garçon arriva. Sa belle-mère prit soin de l'enfant, pendant l'hospitalisation de Grace. On parla de dépression postnatale. Lorsqu'elle sortit, ivre de médicaments, il prépara un dîner de bienvenue, acheta des roses. Elle sourit et s'offrit à lui tendrement. Elle fut aussitôt de nouveau enceinte, calme et sereine. Mais lorsqu'elle revint à la maison avec son deuxième garçon, elle retomba dans l'obscurité. Il engagea une nurse. L'aîné était resté chez sa grand-mère et grandissait normalement. On diagnostiqua une déficience mentale chez le plus jeune.

Jack passa son doctorat et s'absenta souvent. À chacun de ses retours à la maison, il la voyait sombrer de plus en plus profondément. Il tentait de lui parler, de la caresser, de l'atteindre. En vain.

C'est alors qu'il commença à la battre. Et à fuir, en acceptant de longues missions à l'étranger.

Arrivé à l'aéroport, il téléphona à sa sœur qui lui annonça le retour de leur mère à la maison. Ce n'était pas un cancer, mais une dépression avec des symptômes corporels de mauvais augure.

— Elle va s'en sortir. Viens aussi vite que tu peux.

L'avion pour San José allait décoller. Une fois arrivé, il loua une voiture. Ses jambes se dérobaient sous lui, le décalage horaire sans doute. Il se souvint alors qu'il avait bu et conduisit très sagement.

Il aurait dû être inquiet pour Katarina et furieux contre sa mère. À n'en pas douter, ce serait comme Grace avait l'habitude de dire :

— Ta mère te fait marcher.

Mais il était au-delà de tout sentiment.

Il lui fallut plus d'une heure pour arriver jusqu'à la banlieue chic de Berkeley. Et la maison de son enfance apparut tout au sommet de la colline, grande, magnifique, entourée d'un parc, avec piscine, *the American way of life.*

Il y avait été malheureux. Peureux, cramponné à sa mère que son mari maltraitait. Comme il avait détesté son père. Comme il haïssait encore aujourd'hui cet homme qu'il n'avait pas vu depuis vingt ans. Dieu, combien de coups avait-il reçus lorsqu'il était enfant.

Sa sœur Evelyn vint à sa rencontre, elle avait maigri et était encore plus anguleuse que dans ses souvenirs. Elle sourit, à travers son amertume, lorsqu'ils s'embrassèrent maladroitement.

Vêtue d'une robe de chambre en soie bleue, sa mère était allongée sur l'un des canapés blancs du grand salon. Elle tendit les bras vers lui, il l'étreignit en pensant qu'il n'avait jamais autant aimé personne. Ils ne parlèrent pas beaucoup. Elle versa quelques belles larmes de joie et sourit de son ancien sourire qui ne ridait jamais les joues.

Elle paraissait plus jeune que sa fille.

— Tu dois être fatigué.

— Oui.

— Ta chambre est prête, prends un bain et couche-toi, dit Evelyn et la mère acquiesça.

Mais d'abord, ils allaient boire du champagne. La vieille gouvernante apporta le plateau. Elle était voûtée et ses mains tremblaient. Jack la salua et, étonné, il ressentit de la honte.

— Une bouteille de whisky, dit-il à sa sœur en montant au premier étage.

— Elle est déjà dans ta chambre.

Il dormit dix heures. Ce n'est qu'au petit déjeuner, le lendemain, que sa mère lui dit en passant que Grace avait demandé le divorce. Elle avait les enfants et on ne savait pas où ils étaient.

Tard le soir, il composa le numéro de Katarina. Il utilisa son portable pour que sa mère ne pût écouter.

Un homme répondit et Jack demanda à parler à Katarina.

— De la part de qui ?

La voix vibrait.

— Jack O'Hara.

La voix de l'autre éclata lorsqu'il cria :

— Comment osez-vous téléphoner, espèce de salaud ?

— Je veux parler à Katarina.

La voix se calma, devint plus froide.

— Katarina est encore plus ou moins inconsciente. Elle a été opérée. Elle a d'importantes blessures à la tête, la mâchoire brisée et des lésions auditives. Elle sera probablement... marquée pour la vie.

— *God in heaven... help me.*

Mais la voix froide poursuivit implacablement :

— Vous êtes recherché pour tentative de meurtre. La police des frontières a votre photo et votre numéro de passeport. Quoi que vous fassiez, ne venez pas ici. Et débarrassez-vous de vos clefs car je suis en train de changer la serrure.

L'homme raccrocha brutalement. Jack alla en chancelant vers son lit. Il ouvrit une bouteille. Katarina n'avait pas esquivé les coups comme Grace. Cette espèce de Suédoise prétentieuse était restée droite et fière et pleine de mépris.

Bon sang, comme il l'aimait.

Lorsque sa mère vint lui souhaiter bonne nuit, il dormait, abruti par l'alcool.

9

Une nuit, la tempête réveilla Katarina. L'air des plaines à l'extérieur de la ville se fracassait en d'énormes bourrasques sur ses fenêtres, et les vieilles branches des vieux arbres lâchaient prise et se jetaient contre le toit.

Sa mère dormait tranquillement dans le lit d'appoint. Rien de grave ne pouvait lui arriver.

Soudain, elle fit une découverte. Elle entendait tous les bruits de la tempête, le mugissement, le sifflement, les branches qui se brisaient, elle entendait… Elle n'avait plus mal. Prudemment, pour ne pas réveiller Elisabeth, elle s'assit sur le bord du lit et se boucha l'oreille droite. Ce qu'elle entendait avec l'oreille gauche était un peu éloigné, un peu difficile à interpréter, mais elle entendait. Et elle ne souffrait plus !

Elle voulait dormir mais n'y arrivait pas. C'est la fin de la fuite, pensa-t-elle. C'est terrible, mais maintenant je dois sérieusement prendre les choses en main.

Il était 4 heures du matin, de sombres pensées agitaient son esprit : la honte, la colère et les images épouvantables de ce qui venait d'arriver.

À une syllabe près, elle se souvenait de leur dispute, de ce qu'elle avait dit, de ce qu'il avait hurlé, des coups… Et la question de savoir qui ce diable d'homme était en réalité.

À l'aube, elle réussit à s'assoupir. À la frontière du sommeil léger et de la conscience, elle vit, sur la plage, une vague déferlante, haute comme une maison se jeter sur elle. Comme si sa vie en dépendait, elle courut vers les rochers, de plus en plus haut. Elle vit alors la vague se briser et retomber dans la mer, là où une nouvelle vague se reformait.

Ce doit être un tremblement de terre au fond de la mer, pensa-t-elle. L'instant d'après, elle était complètement réveillée.

Elisabeth s'assit dans son lit et l'observa.

— Je rêvais d'une tempête épouvantable.

— Il n'y a rien d'étonnant, il fait un vent terrible.

— Maman, écoute-moi. J'entends le vent de l'oreille gauche.

Les yeux d'Elisabeth s'agrandirent :

— En es-tu sûre ?

Pendant un long moment elle plaça sa main, puis un coussin sur l'oreille saine de Katarina. Sa fille entendait, il n'y avait aucun doute.

Des larmes de joie coulèrent sur les rides d'Elisabeth.

Olof accourut. Erika accourut. Les garçons se faufilèrent et tinrent les mains de Katarina. Olof téléphona au médecin qui promit de passer un peu plus tard. Il ajouta avant de raccrocher :

— Tout se passe comme nous l'espérions.

Elisabeth devait retourner à Gävle pour donner des cours dans l'après midi.

— Maman, tu peux partir la conscience tranquille, dit Katarina en pleurant.

— C'est comme lorsque tu étais enfant et que je devais aller travailler. Je savais que tu étais triste, mais tu te dominais pour me faire plaisir. Pourtant, lorsque je partais et que tu me faisais signe de la fenêtre, je voyais que tu pleurais.

Soudain, Katarina fut capable de faire beaucoup de choses. Mâcher du pain de mie avec du pâté, faire la vaisselle du petit déjeuner, presque rire lorsque Jon demandait pourquoi son visage était jaune et bleu. Elle pouvait se doucher et s'habiller. C'était merveilleux.

Alors qu'Erika l'aidait à démêler ses cheveux lavés, Katarina déclara :

— Le pire, c'est la honte.

Contrairement à Olof, Erika ne dit pas que c'était à Jack d'avoir honte.

— Je... te crois. Il paraît que les femmes violées ressentent de la honte.

— C'est dingue.

— C'est vrai, cela n'a pas de sens.

Katarina frissonna, Erika l'aida à s'asseoir dans le fauteuil devant la cheminée et alluma le feu.

— Du café ?

— Oui, s'il te plaît.

Katarina regarda autour d'elle et aima ce qu'elle vit. Une salle de séjour sans prétention, défraîchie et belle.

Les petits garçons arrivèrent à pas de loup et Jon murmura :

— Maintenant que tu vas mieux, tu peux nous dessiner une histoire.

C'était devenu une tradition. Un Noël, Elisabeth leur avait raconté une histoire et Katarina l'avait dessinée, image après image, au rythme du récit. Les garçons s'arc-boutaient sur sa chaise, criaient d'excitation, haletaient, soupiraient, riaient à chaque nouvelle image.

Petit à petit, Katarina avait poursuivi ses récits imagés, même lorsqu'elle était seule avec les enfants. Ses histoires n'étaient pas aussi riches que celles d'Elisabeth. Elle n'était pas aussi prolixe. Mais ses dessins devinrent plus consistants lorsqu'elle parvint à les réaliser à son propre rythme.

Maintenant, les garçons étaient devant elle, la tête penchée, irrésistibles.

— Je vais essayer. Allez chercher le grand bloc et tous les crayons de couleur.

Erika entra avec le café en même temps que les garçons.

— Vas-tu y arriver ?

— J'ai envie d'essayer.

Elle but son café, fixa son regard sur la grande feuille de papier blanche, prit un crayon... Son esprit était entièrement vide.

Elle se mit alors à penser au rêve qu'elle avait eu le matin, la vague qui l'avait menacée. Et soudain, elle sut qu'il y avait un rapport avec le vieux rêve qui revenait sans cesse et l'histoire du coffre aux trésors qui gisait dans la boue au fond de la mer.

— Il était une fois une petite fille qui vivait près de la mer. Elle se promenait chaque jour le long de la plage et écoutait l'océan chanter. C'était une chanson sans fin qui venait des profondeurs infinies et elle l'adorait.

» La mer grandissait sur le papier, bleue comme le ciel, verte comme l'herbe, brillante comme l'or. La fillette était sur la plage blanche, une petite silhouette face à la mer, les grandes falaises derrière elle.

» La petite fille collectionnait des secrets. Ils étaient tellement secrets que jamais personne ne devait les voir. Un jour, elle décida de les cacher dans la mer. Elle calcula comment elle devait s'y prendre.

» Elle ne collectionnait pas seulement les secrets, les boîtes aussi. Elle monta au grenier chercher un grand coffre, très lourd, à double verrou. Elle devait faire tout cela la nuit pendant que sa maman dormait.

Katarina dessina la petite fille descendant un escalier raide dans l'obscurité en traînant le coffre derrière elle. Puis vint l'image de la fillette devant la maison où elle plaça les petits écrins dans le coffre.

— C'était une nuit d'été, la lune l'éclairait.

Katarina dessina la pleine lune.

— Le problème, c'était qu'elle ne pouvait pas porter le coffre dans la mer et le jeter aussi loin que possible.

— Que fit-elle ?

Katarina réfléchit un instant :

— Elle emprunta une barque amarrée au ponton.

Le dessin suivant représentait le gros coffre dans la barque.

— La petite fille rama et rama si loin que bientôt elle ne fut plus qu'un petit point à l'horizon. Là, elle jeta le coffre par-dessus bord.

Elle dessina l'énorme plouf que fit le coffre lorsqu'il sombra.

Fatiguée, Katarina fut prise de vertiges.

Mais les garçons parlaient tous les deux en même temps :

— Et puis, et puis ?

— C'est une histoire triste, dit Katarina tout en fixant son regard sur les yeux d'Erika.

— Comment cela, triste ?

C'était Sam. Katarina se souvint qu'il aimait les histoires tristes. Katarina reprit sa respiration et poursuivit :

— Avec le temps, la petite fille commença à languir de ses secrets, elle voulait les reprendre. Ne se souvenant plus à quoi ils ressemblaient, elle décida de nager dans la mer et de plonger pour les récupérer.

Elle dessina la petite fille en train de nager vers l'horizon, puis de plonger au cœur de la mer. Le coffre gisait là à moitié enfoui dans la boue. On voyait que les serrures étaient bien verrouillées.

— Après, la fillette dut remonter très vite pour reprendre sa respiration. Une fois à la surface, elle était heureuse de nouveau. Elle secoua ses cheveux, se mit sur le dos, flotta un instant et profita du soleil.

Les garçons purent voir de près la petite fille allongée, ondoyant sur les vagues vers la plage.

— Il faut que je repose mon bras.

Erika versa une nouvelle tasse de café, caressa les cheveux de Katarina et dit :

— Tu as besoin de te reposer maintenant.

Mais les garçons crièrent d'une seule voix :

— On veut savoir la suite.

Et Katarina poursuivit :

— Une nuit, il y eut une violente tempête et la petite fille fut réveillée par le fracas des vagues, grandes comme des… gratte-ciel, contre la maison où ils habitaient.

Elle dessina la maison qui ressemblait à une toute petite cabane comparée à la première vague.

— Elle, sa maman, son grand-père et sa grand-mère, et tous ses frères coururent vers la montagne et grimpèrent jusqu'à la plus haute falaise. « Ce doit être un tremblement de terre sous la mer », dit la mère. La petite fille commença à pleurer. Elle comprenait que son coffre s'était brisé et que tous ses secrets allaient dériver le long de la côte.

— Il faut qu'elle aille les chercher, dit Jon.

— Mais la côte est longue, avec des milliers de criques et des centaines de milliers de cailloux tranchants.

— Elle peut prendre son temps.

— Mais elle a tellement mal aux pieds.

Katarina dessina de petits pieds ensanglantés.

— Bah, dit Jon, elle n'a qu'à mettre de bonnes chaussures.

— Maintenant, Katarina doit se reposer, dit Erika de sa voix maternelle.

Les garçons durent céder, mais avant de partir ils crièrent que la prochaine fois ils voulaient savoir la suite.

— Il faut bien que tu trouves une fin à l'histoire, dit Jon.

— J'espère bien, acquiesça Katarina.

10

Le médecin de la famille Elg s'appelait Lasse Simonson. Il s'était rendu au chevet de Katarina dès le premier jour. Le chirurgien de l'hôpital de Söder lui avait donné des conseils et le dossier médical de Katarina. Il vint la voir l'après-midi, examina son oreille et sourit de plus en plus largement au fur et à mesure de la consultation.

— Vous serez bientôt sur pied, mais vous devez faire attention avec les sons aigus. Il faut aussi que vous attendiez avant de reconduire.

Il lui prescrivit un arrêt de travail d'un mois.

— Ce n'est pas possible, il faut que je commence à travailler, mes collègues ont besoin de moi...

Katarina avait nombre d'objections mais il secoua la tête :

— Vous ne voulez pas mettre votre ouïe en péril ?

Katarina, qui considérait son travail comme une échappatoire, fut consternée. Et le devint encore plus lorsque le médecin poursuivit :

— Je pense que vous ne devriez pas retourner à votre appartement.

— Pourquoi cela ?

— À cause du bruit.

— Il n'est pas question de m'imposer ici... pour toujours.

— Tu sais très bien que tu peux rester, dit Erika presque en colère.

— Votre belle-sœur fait clairement partie de ces gens qui acceptent difficilement d'être aidés, déclara le médecin.

— Quel psychologue du dimanche, répliqua Erika d'une voix sifflante lorsque le médecin les quitta.

Katarina ne put s'empêcher de sourire.

Olof arriva pour dîner. Il rayonna lorsqu'il entendit les bonnes nouvelles.

— C'est super de t'avoir ici.

— Tais-toi avant que je commence à pleurnicher.

Olof, qui avait du travail, s'en alla. Erika baigna les enfants et les mit au lit. Katarina fit la vaisselle dans l'immense cuisine désuète et songea à offrir un lave-vaisselle. En mettant un peu brusquement les assiettes dans le placard, Katarina s'aperçut que le bruit lui avait fait mal à l'oreille. Simonson avait raison, elle devait être prudente.

— Nous avons besoin de prendre l'air, dit Erika une fois les garçons endormis. Crois-tu que tu puisses faire une promenade autour de la maison ?

Katarina fut presque heureuse. Erika lui mit un grand bonnet sur la tête, qui lui couvrit largement les oreilles. Elle lui prêta le coupe-vent fourré et les bottes d'Olof.

Lorsque Katarina les enfila, elle fit une nouvelle découverte. Elle avait le vertige et dut s'asseoir. Le vestibule se mit à tourner. Erika attendait. Il leur fallut patienter un moment avant de pouvoir sortir.

— Il y a un lien entre les oreilles et l'équilibre, dit Erika lorsque, dans la rue, elles firent dix mètres dans un sens et dix mètres dans l'autre.

Lentement, pas après pas. Pourtant, on aurait dit une aventure.

Lorsqu'elles s'assirent dans le living près du feu, Erika prit son courage à deux mains et dit :

— À propos de chaussures pour marcher le long de la plage... je connais un cordonnier extraordinaire.

Katarina se tut, avala sa salive et dit au bout d'un moment :

— J'ai des préjugés contre les psys. Je veux résoudre moi-même ce... truc.

— C'est ce que je pensais lorsque j'avais des problèmes. Mais j'avais tort. On m'a aidée.

— Je me rappelle, tu es allée chez ce docteur. Mais mes problèmes... ne sont pas aussi graves que les tiens.

— Qu'en sais-tu ?

— Je n'en sais rien, dit Katarina en pensant au bébé.

— Penses-y.

Elles regardèrent la télévision avant d'aller se coucher.

11

La tempête avait chassé le mauvais temps de la région de Uppland. C'était l'été indien, quelques jours extraordinairement ensoleillés dans un monde doré.

— Allons faire un tour dans la forêt, dit Erika.

Elles mirent dans la voiture des couvertures, des sandwichs, du café et du chocolat dans des bouteilles thermos. Elles empruntèrent des chemins sinueux à travers des champs coupés ras jaune pâle, des allées flamboyantes et des collines royales où des Vikings inconnus dormaient de leur sommeil millénaire.

Elles se garèrent au bord d'un fossé. Marchant sur un parterre doré, elles s'enfoncèrent dans la forêt. Les garçons couraient devant, donnaient des coups de pied dans les feuilles, exultaient. L'automne sentait bon les champignons et la mélancolie.

Katarina, qui portait ses boules Quies, les enleva pour écouter le rire des enfants et le bruissement sous les pieds.

Elle se porta à la hauteur d'Erika :

— J'ai décidé de marcher seule le long de la plage, les pieds ensanglantés, dit-elle avec un sourire désarmant.

— Pourquoi pas. Laisse remonter tout cela à son propre rythme.

— C'est bien ce qui se passe. Mais je résiste tant que je peux.

Au bout d'un moment elles s'arrêtèrent devant un magnifique prunellier.

— Zut, on aurait dû prendre des gants, regretta Katarina.

— J'en ai dans la voiture, dit Erika.

Avec les gros gants de voiture elles remplirent un grand sac plastique de baies bleues mouillées. Elles se griffèrent les bras et Katarina s'égratigna le visage.

— Maintenant, tu n'es pas seulement bleue et jaune, mais rouge aussi, dit Jon tandis qu'Erika badigeonnait les griffures de mercurochrome.

— Qu'est-ce qu'on va faire de toutes ces baies dégoûtantes ? Elles ont mauvais goût, cria Sam en crachant.

— On va en faire du sirop, dit Erika et les garçons s'écrièrent en cœur que jamais ils n'en boiraient.

Ensuite, ils s'assirent sur les couvertures, mangèrent leurs sandwichs et burent du café et du chocolat. Bientôt les garçons coururent comme des petits fous sous les arbres, dans les fourrés. Ils revinrent avec un nid abandonné et Katarina dut leur expliquer comment il avait été construit, brin après brin.

— Qui l'a habité ? murmura Jon

— Je crois que c'étaient des bergeronnettes.

— Mais où sont-elles maintenant ?

— Elles sont parties vers les pays chauds, vers l'Égypte. Avec leurs petits.

— Je veux aussi aller en Égypte. Où est-ce ?

— Au sud, là où se trouve le soleil maintenant, dit Erika en pointant son doigt. Les garçons partirent en courant.

— C'est loin, il faut des milliers de jours pour y arriver, leur cria Erika.

Ils s'arrêtèrent, l'air déçu. Sam dit alors à Jon :

— Eh ben, on n'a qu'à faire semblant.

— Cette nuit, alors que j'étais éveillée, j'ai réfléchi à la honte, dit Erika. Et à ce sentiment bizarre dont nous parlions hier : la honte de la victime.

— C'est fou, mais ça me tourmente toutes les nuits. Es-tu arrivée à une conclusion ?

— Oui, c'est normal que tu éprouves cela, parce que tu t'es laissé offenser.

Tout devint si silencieux que même la forêt retint sa respiration.

— C'est vrai, dit enfin Katarina, c'est exactement ce que j'ai fait. Jack satisfaisait mes désirs et ma vanité, mon... image de moi-même comme femme libre. Tu comprends, je l'ai utilisé comme j'ai utilisé d'autres hommes. Je fermais les yeux sur ce qu'il était au fond de lui, sur qui il était. Dieu sait pourtant qu'il y avait des signaux d'avertissement.

— Tu n'es peut-être pas assez attentive envers toi-même, dit Erika.

Elle n'eut pas le temps d'ajouter quoi que ce soit car les garçons arrivèrent. Ils avaient rencontré un homme qui leur avait appris que l'Égypte était tellement loin qu'il fallait un avion pour y aller.

— Oui, c'est vrai. J'avais oublié de vous le signaler, reconnut Erika.

— Parlez-en à votre père, il a été là-bas, dit Katarina.

Ils ramassèrent leurs affaires et retournèrent à la voiture.

En arrivant à la maison, Katarina, fatiguée, voulut se reposer un moment.

— Et pleurer un peu, murmura-t-elle à l'oreille d'Erika.

Tard le soir, Katarina et Erika se retrouvèrent de nouveau seules :

— J'ai du mal à comprendre, quand tu dis que je ne suis pas assez attentive envers moi-même.

Erika soupira, réfléchit longuement et expliqua qu'elle ne pouvait pas parler de cela sans mentionner sa foi.

— Tu sais bien que tout ce qui a une dimension religieuse se trouve pour ainsi dire au-delà des mots.

— Je ne comprends pas ce que Dieu vient faire là-dedans.

— Pour moi, le chemin qui mène vers Dieu passe par la confiance en soi.

— Comme ils disent en Amérique : « Aime-toi toi-même. »

Erika entendit le ton railleur, mais elle se contenta de hausser les épaules :

— Non, plutôt comme les Grecs disaient : « Connais-toi toi-même. »

— Pour moi, ce ne sont que des mots.

— Pour moi, c'est être présent dans ses propres sentiments, les sentir et les admettre, si terribles soient-ils. On apprend de cette façon à connaître sa méchanceté, sa malveillance, son envie et sa soif de pouvoir.

— Ça me semble épouvantable.

Erika poursuivit en évitant le regard de Katarina :

— Au début, c'est difficile. Le chemin est long. Ton ombre est beaucoup plus longue et beaucoup plus profonde que tu ne l'as jamais cru.

— Je ne manque pas d'assurance.

Erika rit :

— Avoir de l'assurance n'a rien à voir avec la connaissance de soi.

Katarina sentit son cœur battre à toute rompre de protestation :

— Qu'est-ce que l'assurance alors ?

— Cela signifie : être à la hauteur de ces belles images que l'on a de soi. Jouer ses rôles.

Terriblement affectée, Katarina demanda d'une voix cassante :

— Et comment fait-on ?

— Comme je te l'ai dit, il faut être attentif. Être présent en soi-même.

Muette d'étonnement, Katarina finit par dire :

— Tu as suivi une thérapie et cela t'a aidée à voir…

— Exactement, cela m'a fait du bien. Les enfants apprennent très tôt ce qu'est la honte. C'est d'abord : oh le vilain, il ne faut pas faire ça. L'étape suivante sur le chemin de la honte, c'est : à cause de toi, maman est triste.

Erika réfléchit un instant :

— Les enfants veulent toujours avoir des explications. S'ils n'en ont pas, c'est alors que viennent la honte et la culpabilité : c'est ma faute si mes parents se disputent, si papa est en colère, si maman pleure et si mon frère a mal au ventre. Tu sais bien ce que j'entends par là.

Elles restèrent silencieuses, puis Erika poursuivit d'un ton hésitant :

— Pendant ma thérapie, j'ai appris que c'était l'enfant puéril qui prenait les décisions, et que cela se passait à un niveau très primitif.

Elles étaient assises dans le living éclairé seulement par la lumière vacillante du feu de cheminée quand Katarina revint sur le sujet :

— Je sais, Erika. C'était ma faute si papa battait maman. Et c'était mon devoir de la protéger...

Sa voix se brisa.

— Et maintenant, je lui fais revivre son drame. As-tu remarqué combien ce foutu incident avec Jack la bouleverse ?

Erika ne répondit pas.

Le lendemain matin, au petit déjeuner, Katarina demanda :

— Comment apprend-on à être attentif envers soi-même ?

— Donne-moi du café, dit Erika en écarquillant les yeux.

Ensommeillée, la tasse de café à la main, elle chercha ses mots :

— Des sentiments apparaissent, très forts, souvent désagréables. D'où viennent-ils ? En y réfléchissant sérieusement, j'ai découvert qu'ils avaient un lien avec les images de moi-même qui, pour une raison quelconque, avaient été blessées. Donne-moi encore du café.

Katarina remplit sa tasse.

— S'il te plaît, continue.

— La première image qui s'est imposée à moi est celle de la femme vaillante, gentille, de celle qui est toujours disponible, qui fait toujours plaisir. J'ai appris à la connaître et je me suis rendu compte que je la détestais. Mais elle persistait à pointer sa sale gueule. J'ai découvert alors que cette brave personne avait de terribles sentiments. Et des pensées si méchantes qu'elles ne pouvaient être dévoilées.

— Mais je ne comprends pas, Erika. Quel genre de pensées ?

Elles se turent. À sa grande surprise, Katarina s'aperçut qu'Erika rougissait jusqu'à la racine des cheveux :

— Je vais te donner un exemple, répliqua-t-elle enfin.

Elle se tut à nouveau comme si elle devait prendre son courage à deux mains :

— Elisabeth et toi êtes invitées à dîner. J'ai préparé un bon repas avec beaucoup de soin, et Elisabeth lance à la ronde : « Merci, c'était très bon Erika. » Puis, vous reprenez vos fichues conversations intellectuelles. Je m'occupe de la vaisselle et toi, élégante et belle, tu te glisses dans la cuisine et demandes sans conviction si tu peux donner un coup de main. Moi, je secoue la tête et réponds que je vais bientôt apporter le café. Je frotte les marmites, j'utilise un couteau pour enlever ce qui reste dans les coins. Je hais, je hache et je découpe tes yeux si intrépides et d'un bleu si provocant.

Les yeux de Katarina s'arrondirent d'étonnement.

— Je me souviens que tu m'as fait sortir de la cuisine. J'ai pensé que, si ça te plaisait de jouer les martyres, je n'allais pas gâcher ton plaisir.

— C'était peut-être ça.

Erika éclata de rire. Olof entra dans la cuisine.

— Je devine une certaine inquiétude dans l'air, dit-il en se servant de lait.

— Oui, répondit Katarina. Nous parlions de choses désagréables. As-tu jamais pensé d'ailleurs qu'il t'a été possible d'être un enfant, tandis que moi, j'ai été obligée d'être adulte dès six ans ?

— Oui, admit Olof. Je l'ai toujours su. Je pense parfois que c'est pour ça que je... me sens obligé de faire tout cela pour toi.

Comme les enfants se dirigeaient vers la cuisine pour prendre leur petit déjeuner, Katarina baissa la voix et lâcha d'un ton sifflant :

— Va au diable... Je n'ai pas besoin de ta compassion.

En montant les escaliers quatre à quatre, Katarina entendit Erika rire. Elle haïssait sa belle-sœur.

12

Le sommeil avait toujours été attentionné envers Katarina. Elle dormait comme une enfant avec la couverture remontée jusqu'aux oreilles, en position de fœtus, une main sur le ventre.

Elle entendit vaguement la porte s'ouvrir avec précaution et deux petites voix murmurer : « Elle dort. »

L'instant d'après, les petites voix étaient parties.

Mais les enfants l'avaient transportée à un niveau légèrement plus élevé que le sommeil noir. Là où se trouvait le rêve, épouvantablement distinct.

Enfant, elle était dans un train, blottie dans le coin d'un grand compartiment. Face à elle, une femme essayait de cacher son visage derrière un grand châle noir. Elle était blessée et saignait du nez. Ses joues étaient toute enflées. Dans ses bras, un petit garçon dormait.

La petite fille voulait consoler, crier : Maman, merveilleuse maman chérie.

Elle comprit vite qu'elle ne pouvait ni crier ni même parler. C'était bizarre car elle entendait le grincement des joints des rails et le tintement des verres au-dessus de sa banquette.

Elle avait soif, mais elle n'arrivait pas à atteindre la carafe et ne pouvait pas demander de l'eau.

Le plus terrible, ce n'étaient pas les bruits mais les silhouettes qui se glissaient comme des fantômes dans le couloir, s'arrêtaient et regardaient bêtement. Certaines secouaient la tête avec une compassion voluptueuse, d'autres riaient à gorge déployée, quelques-unes jetaient des regards avides. Elle les reconnaissait toutes, c'étaient les silhouettes des gens du village.

Le train entra en gare. Grand-père était sur le quai, tendant les bras vers elle. Pétrifiée, elle ne bougeait pas. Sa mère descendit du train avec Olof dans les bras, et la petite fille resta en arrière. Le train fonça dans la nuit vers le nord, boum-boum, boum-boum...

Katarina sortit de sa paralysie et comprit que c'était son cœur qui battait si fort.

Cette révélation l'aida à sortir de son cauchemar. Assise sur un lit dans la maison de son frère, elle tenta de calmer son cœur. Ce n'est qu'un rêve, seulement un rêve.

Elle savait pourtant que ce n'était pas un rêve, mais un souvenir. Le voyage de la honte, pensait-elle.

Elle essuya la transpiration de son visage, but l'eau du verre sur la table de nuit et se souvint de tout ce qui s'était passé ce jour-là.

C'était l'automne cette fois-là aussi, la nuit tombait vite. C'était un vendredi, le dernier d'une longue série. Son père tardait, il faisait noir dehors et le visage de sa mère redevint lisse :

— Il ne viendra pas, il est allé la voir, murmura-t-elle.

L'instant d'après, elles entendirent le dérapage dans la montée et les freins qui crissèrent devant la porte du garage.

— Katarina, dit Elisabeth.

Katarina sut aussitôt ce qu'elle devait faire. Elle prit son petit frère dans les bras et courut par la porte de derrière chez les voisins, Kalle et Karin Berglund.

Lorsqu'elle sonna à leur porte, elle vit le gros semi-remorque garé dans la rue. Kalle était à la maison. Elle fonça droit sur lui, criant :

— Aidez-nous, il va tuer maman !

Il se leva d'un bond, courut au salon et sortit son fusil de chasse du placard.

— Quel con ! cria-t-il.

— Kalle, pour l'amour de Dieu, calme-toi, cria Karin à son tour.

Mais il n'entendit pas.

Olof se mit à pleurer.

— Venez tous les deux boire une bonne tasse de chocolat chaud, dit Karin.

Ce qui n'apporta pas beaucoup de réconfort à Katarina, car les mains de Karin tremblaient lorsqu'elle versa le lait dans la casserole. Elle donna une brioche à la cannelle à Olof, qui se calma.

L'instant d'après ils entendirent les coups de feu. Kalle était en train de tuer son père et Katarina sentit la joie monter dans son corps. Il est mort, il est mort. Elle riait et riait.

Olof criait et poussait des hurlements. En tremblant comme une feuille, Karin courut vers la maison voisine.

Lorsqu'elle revint, elle était plus calme et dit aux enfants :

— Maintenant vous vous taisez, tous les deux.

Katarina serra ses mâchoires pour emprisonner son rire qui remontait de son estomac avec une force inouïe. Le garçon ravala ses pleurs. Karin parla au téléphone et Katarina comprit qu'elle appelait la police.

— Ils arrivent, ils seront ici dans une demi-heure.

Puis elle soupira profondément et attira Katarina contre elle.

— Kalle a tiré dans le plafond, personne n'est blessé. Ton papa est attaché dans un fauteuil et pleure.

— Et maman ?

— Elle... va aller mieux.

— Il faut que je m'occupe d'elle.

— Non.

— Mais Karin, je l'ai fait beaucoup de fois, j'ai essuyé le sang et le reste...

— Ma petite fille, nous ne pouvons pas y aller. C'est la police qui l'a dit.

Elle mentait. Katarina le voyait dans ses yeux.

— Si c'est grave, la police appellera le médecin.

Destinées à calmer Katarina, ces paroles l'affolèrent davantage encore. Elle tenta d'échapper des bras de la voisine. Mais elle était prisonnière.

Olof s'était endormi, les bras sur la table de la cuisine.

— Occupe-toi de ton frère.

Le garçon avait fait pipi sur lui.

— Il faut que j'aille chercher des couches.

— Tu ne vas nulle part.

Katarina obéit, elle vit que Karin pleurait.

L'instant d'après la police arriva, deux hommes dans une voiture.

Les images devinrent floues pour Katarina, assise dans le lit de la chambre d'amis dans la maison de son frère. Les voix disparurent, elle n'entendait plus ce que les adultes disaient.

Elle se rappelait toutefois que les policiers étaient gentils, qu'elle était sur les genoux de sa maman et lui essuyait le visage en la consolant :

— Ça va aller, tu vas voir.

Elle se souvint aussi que Karin l'aida à mettre des vêtements dans une grande valise pendant que la police téléphonait à son grand-père.

Puis revint le rêve du voyage en train, avec tous les détails. Elle ne voulait pas les perdre. Elle prit son bloc et ses crayons.

Son dessin terminé, elle descendit pour demander pardon à Olof. Mais il n'était pas à la maison. Il n'y avait personne dans la grande maison.

13

Katarina rangea la cuisine et sortit l'aspirateur. Il fallait que tout soit propre avant l'arrivée de sa mère.

Demain. Cette pensée la réconforta.

C'était une grande maison, avec de nombreux coins et recoins. Pour Elisabeth, c'était une vieille bâtisse délabrée, et Erika la trouvait peu pratique.

C'était vrai.

Il fallait réparer, reconstruire, refaire la tuyauterie. Abominablement cher. Impensable.

C'était une belle maison du début du siècle.

Katarina avait toujours pensé qu'elle avait du caractère, du volume, une architecture harmonieuse. Tandis qu'elle passait l'aspirateur, couloir par couloir, pièce par pièce, escalier après escalier, le charme disparut. C'est vraiment pas le pied, pensa-t-elle. La maison a été construite pour des gens qui avaient des bonnes, à l'époque où la main-d'œuvre était bon marché et abondante. Il y a bien longtemps de cela.

Elle était en train de passer l'aspirateur à mi-hauteur du grand escalier, lorsque Erika et les enfants arrivèrent. Ils étaient allés faire les courses à Saluhallen pour le week-end.

— Voyons, qu'est-ce que tu fais ? s'écria Erika presque en colère. Tu vas avoir mal aux oreilles !

Katarina écarquilla les yeux. Elle avait complètement oublié son oreille. Elle s'ausculta. Si, elle avait un peu mal à la tête. Pas plus que d'habitude quand elle s'attelait au ménage.

— Erika, j'avais oublié que j'étais malade.

Elles échangèrent de grands sourires.

— Tu transpires et tu es sale. Va te doucher et mets quelque chose de propre.

— Oh quelle honte ! Je me retire, la queue entre les jambes.

Au milieu de l'escalier, elle s'arrêta et se tourna vers Erika :

— Cela me fait penser à ce que tu as dit sur la honte. Tu as tort, la honte n'est pas quelque chose d'acquis, c'est un réflexe biologique inné chez toutes les bêtes de troupeau.

— Les loups, les éléphants, cria Jon ravi.

— Exactement. Et tous les millions de gens depuis des centaines de milliers d'années, tous ceux qui ne pouvaient pas survivre s'ils étaient expulsés de la tribu.

— J'abandonne, gémit Erika en levant les bras au ciel.

Katarina se doucha, se lava les cheveux. Malgré le rêve et les souvenirs difficiles, elle avait l'esprit plus léger. Elle retourna dans la chambre d'amis, fit son lit, sortit le lit d'appoint et des draps pour Elisabeth. La chambre était située au-dessus de la véranda du rez-de-chaussée, lumineuse, orientée au soleil de midi.

Sauf qu'il faisait gris.

Elle s'habilla, enfila un pull-over rouge et un pantalon noir. Bien assortis. Puis elle se mit du parfum derrière les oreilles et sur les poignets, sourit à son reflet dans le miroir et constata que son visage était plus anguleux, avec de nouvelles rides entre la racine du nez et les commissures des lèvres.

— Je ressemble de plus en plus à maman, dit-elle tout haut d'une voix satisfaite.

Dans la cuisine, Erika rangeait les provisions dans le réfrigérateur. Elle avait acheté des fleurs qu'elle avait laissées en tas sur le plan de travail.

— Je pensais que tu pouvais t'en occuper.

— Avec plaisir.

Tout en préparant des bouquets dans différents vases, Katarina parla de la maison, combien elle était difficile à entretenir. Erika soupira et dit qu'au début elle ne se plaignait pas trop.

— Cela satisfaisait la martyre. Maintenant que je suis sur le point de me séparer d'elle, j'ai envie de crier chaque jour quand je ramasse les jouets, les journaux, les livres, les revues, les trognons de pomme et les gâteaux à moitié mangés dans tous les recoins.

Elle frémit de colère et montra théâtralement du doigt les fenêtres de la cuisine :

— Sans parler de ces milliers de petits carreaux de fenêtres pittoresques que je ne nettoie pas.

— Lundi, je ferai venir un laveur de carreaux, proposa Katarina.

Avant que Erika n'eût le temps de protester elle poursuivit :

— J'ai aussi pensé à faire installer un lave-vaisselle. Dans cette cuisine, on s'esquinte le dos à préparer les repas et à faire la vaisselle. Nous allons refaire tout le plan de travail, Erika. Et je paierai.

Pour une fois, Erika se trouva à court de mots.

— Bon, qu'en dis-tu ?

— Olof n'acceptera jamais.

— Il fait rarement la cuisine et jamais la vaisselle. Donc il n'a rien à dire. Je lui parlerai.

— Pour qu'il ait l'impression d'être un lâcheur ?

— Ma foi, pourquoi pas ?

L'instant d'après, elle rougit :

— D'abord, il faut que je lui demande pardon pour les méchancetés que je lui ai dites ce matin.

— Bof, ce n'étaient que des enfantillages. Il n'était pas mal non plus quand il a reconnu qu'il se sentait obligé de t'aider.

Katarina voulait dire à sa belle-sœur qu'elle l'aimait. Peine perdue, elle n'y arriva pas.

— Au fait, nous en avons parlé hier. Deux images qui s'affrontent, la femme forte et le gentil frère, ajouta celle-ci en fronçant son petit nez.

— Oh là là !

Erika éclata de rire.

Puis les garçons arrivèrent en trombe et Katarina dut leur raconter une histoire. Elle devait parler d'éléphants, avaient-ils décidé, et Katarina fut soulagée lorsqu'elle alla chercher le bloc de dessin et les crayons. Ils ne voulaient pas entendre la fin triste de l'histoire de la fillette qui marchait le long de la plage à la recherche de ses souvenirs.

Et c'était facile et drôle de dessiner des éléphants.

Sans regarder, elle déchira le dessin représentant le compartiment du train, le posa sur le rebord de la fenêtre et descendit dans le séjour où l'attendaient les garçons.

— Il était une fois un éléphant...

— Deux !

— D'accord, dit Katarina en riant.

Une heure plus tard, ils entendirent Erika commencer à préparer le repas dans la cuisine et Katarina veilla à ce que la maman éléphant retrouve vite ses bébés désobéissants et les ramène au troupeau, où ils disparurent comme dans une montagne ambulante.

Puis, elle alla dans la cuisine.

— Me voici telle une danseuse. Puis-je t'aider à faire quelque chose ?

— Tu peux préparer la salade.

Erika sourit, mais le sourire était si vague qu'il était à peine perceptible.

— Tu es nerveuse ? demanda Katarina.

— Oui.

La réponse d'Erika fut si brève que Katarina comprit que ce n'était pas la peine d'insister. Elle coupa la salade et les tomates en rondelles et les recouvrit de jus de citron. Dans cette maison, la vinaigrette doit être faite à part, avait-elle compris.

Silencieuses, elles entendirent les garçons se disputer à propos d'un jouet et Katarina se souvint que le téléphone avait sonné, souvent et de façon insistante pendant qu'elle dessinait l'histoire des éléphants.

Finalement, elle prit son courage à deux mains et demanda :

— Où est Olof ?

— Je crois qu'il est à l'église avec le maître de chœur. Ils passent en revue la musique de dimanche.

— Je vais le chercher.

Erika fit un geste pour l'en empêcher. Mais Katarina avait déjà mis son manteau.

14

Katarina grelottait, bien qu'il n'y ait que quelques mètres à parcourir. De façon tout à fait inattendue, le doux automne avait abandonné la partie. Il y avait de la glace dans l'air. Elle remonta le col de son manteau et tira le bonnet sur ses oreilles.

Krister, l'organiste, qu'elle connaissait bien, était comme prévu à l'orgue. Elle monta ; Olof n'était pas là. Ils se saluèrent avec chaleur, et il était sur le point de poser une question sur l'« accident de voiture » lorsqu'un cri retentit à travers l'église.

Un cri d'enfant, rapidement étouffé.

L'organiste plaqua un accord, mais Katarina avait déjà compris :

— Vous cachez des réfugiés…

— Olof va les conduire ce soir au monastère.

Krister Johansson croisa le regard de Katarina, qui hocha la tête :

— Tu sais que vous pouvez compter sur moi.

Ils descendirent et retrouvèrent Olof dans la sacristie.

— J'ai compris, dit Katarina.

— Alors, tu peux nous aider. Va à la maison chercher ma voiture et gare-la derrière l'église. Préviens Erika que nous aurons un quart d'heure de retard pour le dîner et demande-lui de préparer des sandwichs.

Comme Katarina courait vers le portail de l'église, Olof la retint.

— Marche comme si tu faisais une promenade, frangine.

Une fois la voiture garée, le frère et la sœur rentrèrent à la maison, la main de Katarina dans la poche d'Olof.

— En fait, j'étais venue te demander pardon pour ce que j'ai dit ce matin.

— J'ai été un peu idiot, moi aussi.

Soudain, Olof s'arrêta, renversa la tête en arrière, renifla le ciel comme un loup qui pressent un danger :

— Le temps se gâte.

À 22 heures, Katarina entendit Olof quitter la maison. Erika et elle étaient assises dans la cuisine, silencieuses. Katarina aurait aimé avoir un dieu auquel adresser ses prières. L'instant d'après, elles entendirent le vent souffler dans les ormes devant la fenêtre de la cuisine.

— Il va y avoir de l'orage de nouveau, constata Erika. Il faut tout de même essayer de dormir.

Katarina n'arriva pas à s'endormir. Elle contemplait le plafond en pensant au peu de choses que l'on sait sur son prochain, peut-être encore moins sur ceux qui sont les plus proches. Demain, Elisabeth serait là, sa maman si ouverte et pourtant porteuse de milliers de secrets cachés.

Elle avait dû s'assoupir, car elle n'entendit pas la voiture revenir, mais elle se réveilla lorsque quelqu'un frappa à sa porte.

C'était Olof. Il n'avait même pas l'air fatigué, plutôt débordant d'énergie et de satisfaction.

Katarina regarda l'heure. Il était plus de 1 heure du matin.

— Excuse-moi de te réveiller, mais j'ai un problème. Je n'ai pas pu prendre tout le monde dans la voiture et il reste deux garçons à amener. Sœur Kristina m'a assuré qu'ils peuvent arriver demain. Or j'ai une journée très chargée, un mariage le matin et des confirmations l'après-midi.

— Je les amènerai.

— J'étais sûr que tu dirais ça. Je te réveillerai à 5 heures, car tu dois conduire dans l'obscurité. Tu comprends ?

Juste avant 5 heures, Erika apporta une grande tasse de café à Katarina.

— J'ai honte de ne pas avoir mon permis de conduire.

— Tu as raison. Pour suivre le troupeau, il faut savoir conduire. Sauf que tu n'es pas très douée pour ça, dit Katarina en riant.

— La tempête fait rage.

— La voiture d'Olof est lourde et a une bonne adhérence. Je te promets de ne pas la mettre dans le fossé.

— Prends la veste fourrée et les bottes.

— Oui, maman.

Olof avait déjà amené la voiture à l'église et les deux garçonnets emmitouflés dans des couvertures étaient installés à l'arrière. Krister était là et leur donna des ordres hésitants dans une langue étrangère. Il a dû apprendre le bosniaque ou quelque chose d'approchant, pensa Katarina. Olof montra le chemin sur une carte à petite échelle. Ce ne pouvait pas être difficile à trouver.

— Ils ont reçu l'ordre de s'allonger sur le plancher si vous êtes arrêtés par la police.

— Mais il n'y a pas de police à cette heure-ci, ni avec ce temps.

— Non, le risque n'est pas très grand. Il y a de la neige dans l'air. Conduis prudemment, je n'ai pas mis les pneus d'hiver.

— Olof, depuis quand es-tu devin ?

— Ce n'est pas moi, c'est Erika.

— Nous ne sommes qu'au mois d'octobre. Et hier, il faisait presque un temps d'été.

Elle dit au revoir de la main.

Moteur éteint, elle descendit la pente, tourna à droite, s'arrêta au feu rouge au carrefour. Elle sourit aux garçons et leur indiqua une heure et quart sur sa montre.

Ils hochèrent la tête, ils avaient compris.

Comme il n'y avait personne sur l'autoroute E4, elle put conduire longtemps avec les pleins phares. Elle trouva la départementale qu'elle devait prendre à droite, un ancien chemin sinueux qui les transporta bientôt en pleine campagne. Des bourrasques de vent faisaient tanguer la voiture et Katarina dut agripper le volant.

Au bout d'une demi-heure, l'un des garçons lui tapota l'épaule. Le visage penché, il montra la radio et dit : « *Misique.* »

Katarina alluma la radio et trouva un programme de vieux tubes américains, la plupart d'Elvis.

Comme sur commande, pensa-t-elle en entendant les enfants se joindre en chœur aux chansons bien connues.

Elle donna à chacun un gâteau au chocolat qu'Erika avait préparé et ils lui dirent : « *Marci bocoupe.* »

Katarina s'arrêta un instant pour vérifier sur la carte qu'ils allaient dans la bonne direction. Dans un instant ils emprunteraient la petite route en direction du monastère devenu célèbre depuis que les religieuses s'occupaient des personnes à qui le permis de séjour avait été refusé en Suède. Katarina reconnut la religieuse, qui les attendait au portail, elle était passée assez souvent aux informations télévisées. Elle sourit en tendant la main à Katarina. Une main sèche et chaude.

— Votre frère a téléphoné. Une tempête de neige est attendue dans le nord du Norrland. On s'attend à de grosses difficultés sur la route dans la région d'Uppsala. Il veut que vous repartiez le plus vite possible.

— La tempête de neige est dans la tête de mon frère.

— Dans ce cas, ils ont la même maladie à la radio, dit la religieuse en souriant. Eux aussi ont prévu de la neige.

— Ah, j'ai le temps d'aller aux toilettes ?

La religieuse rit et indiqua le chemin des toilettes. Quand Katarina revint dans le vaste hall, la religieuse l'attendait avec une grande tasse de café fort.

À l'extérieur du monastère, une neige furieuse s'abattit sur elle et ses aiguilles pointues lui griffèrent les joues. La morne lumière de l'aube, qui se devinait, réconforta Katarina lorsqu'elle descendit vers la plaine où la tempête se précipita sur la grosse voiture. La neige fouettait le pare-brise, il était difficile de distinguer quoique ce soit. Elle mit les pleins phares, y vit encore moins bien, et remit les codes. Elle passa en troisième, poussa le chauffage à fond, pensa qu'il devait y avoir un essuie-glace arrière, le trouva. Elle contrôla les freins. Parfait, aucun dérapage. La neige n'avait pas eu le temps de se poser sur le chemin, elle était trop occupée à former des congères.

Bon, ça ne va pas être du gâteau, pensa Katarina, se réjouissant du défi qui l'attendait.

Elvis passait encore à la radio. Une nouvelle chanson commença : *When you think I've loved you all I can, I'm gonna love you a little bit more...*

Ridicule, pensa Katarina en retenant ses larmes.

Sur une radio locale, elle entendit le bulletin météo : tempête au nord, environ soixante-dix kilomètres heure, violentes chutes de neige dans le nord de Uppland, carambolages en série, chaos général sur la E4.

Super, pensa-t-elle, tandis que la mélodie banale trottait dans sa tête : *When you think I've loved you all I can, I'm gonna love you a little bit more...*

C'était la chanson que lui fredonnait Jack le matin.

Il faut que je me débarrasse de cet air avant de foncer dans le fossé. Puis elle pensa à la ballade sur les musiciens du roi français et chanta à tue-tête : *Nous sommes venus de Bourgogne et de Guyenne, du Brabant et de la verte Normandie...*

Rime, pieds, ordre. Elle adorait la poésie structurée, comme elle adorait l'architecture classique.

Elle arriva presque à la fin de la ballade lorsque le phare bleu de la police l'arrêta. Un jeune homme se pencha à hauteur de la vitre et lui recommanda d'éviter de prendre l'autoroute E4. Il était impossible d'avancer. Ni la police ni les ambulances ne pouvaient passer.

— Comment vais-je faire pour rentrer à Uppsala ?

— Avez-vous une carte routière ?

Elle sortit sa carte, et il lui montra comment prendre les petites routes.

— Prenez à droite à la prochaine sortie. Conduisez lentement.

Puis il disparut vers sa voiture et Katarina comprit en poussant un soupir qu'il n'avait pas entendu son cœur battre.

Des petites routes, des virages glissants, des dérapages dont un sérieux sur une crête. Elle resta maître de la voiture et vit bientôt les lumières de la ville.

Lorsqu'elle monta la pente vers la maison d'Olof, elle avait mal aux épaules mais elle était très heureuse. Elle fut reçue comme une princesse, l'étreinte d'Olof faillit l'étouffer. Dans le hall, les enfants lui arrachèrent les bottes en disant :

— On a eu tellement peur, mais maman était sûre que tout irait bien.

Erika la fit asseoir sur un tabouret de la cuisine pour lui masser les épaules tandis qu'Olof partait célébrer son mariage et que les enfants allaient jouer avec leur circuit de voitures au sous-sol.

— Il ne faut pas qu'Elisabeth vienne en voiture, dit Katarina.

— Je lui ai téléphoné. Elle prendra le train qui arrive à 18 heures. S'il n'a pas de retard.

Les doigts d'Erika s'enfoncèrent entre les muscles tendus de la nuque de Katarina, qui se mit à pleurer.

— C'est tellement ridicule que j'en ai honte. Mais à la radio, ils ont passé une chanson que Jack me chantait.

— Chante-la.

Curieusement, Katarina obéit et bientôt elles se mirent à chanter toutes les deux, plutôt à fredonner car elles avaient oublié les paroles.

La tension des muscles se relâcha, Katarina se détendit, pleura et rit en même temps.

Elle prit son petit déjeuner. Puis, elle se tourna vers la fenêtre pour regarder la tempête de neige.

— J'ai l'impression que le vent se calme.

En se retournant, elle chercha le regard d'Erika, qui l'évita et asséna :

— Tu vas avoir un enfant, Katarina.

Ce n'était pas une question mais une constatation.

— Oui, cria presque Katarina.

— Ce sera une fille, ajouta Erika.

Elles s'assirent dans la cuisine. Silencieuses, elles écoutèrent la tempête et la neige qui frappaient les carreaux des fenêtres. Leurs regards se croisèrent, se soudèrent et Erika murmura :

— Je suis tellement contente pour toi, pour moi et pour toute la famille.

— Mais Erika, as-tu pensé que je ne pourrai jamais être complètement quitte avec Jack.

— Ce n'est pas encore le moment de prendre une décision.

— C'est déjà fait.

15

À l'arrivée d'Elisabeth, Katarina dormait. Elle s'assit dans la cuisine avec un garçon sur chaque genou et but son thé.

Les enfants l'appelaient Amo.

— Tu as eu une bonne idée de me conseiller de prendre le train. Ça paraissait bizarre parce que juste à ce moment-là, à Gävle, de grands rayons de soleil d'automne balayaient les rues et les places.

— Ce n'est plus le cas. Le mauvais temps se dirige vers le nord, assura Erika en regardant par la fenêtre la neige tourbillonner dans la lumière de la lampe d'extérieur.

— Ici, il va bientôt pleuvoir.

— C'est la voyante qui s'exprime ?

— Peut-être bien.

Un doux sentiment de sécurité régnait entre elles. Évident, songea Elisabeth. Beaucoup plus simple que ma relation avec Katarina, où tant de choses restent non dites.

Elle soupira.

Elles déplièrent la grande table dans le séjour, la couvrirent d'une nappe blanche et sortirent le beau service en porcelaine. Les garçons n'arrêtaient pas de parler des éléphants.

— Amo, Amo, il faut que tu regardes.

— Dès que nous aurons fini de mettre la table, vous me raconterez l'histoire et me montrerez les dessins de Katarina.

Ils s'installèrent bientôt devant le poêle de faïence et les garçons parlèrent avec enthousiasme des pauvres éléphanteaux qui avaient quitté le troupeau et devaient affronter de terribles dangers. Il y avait le tigre, à l'affût dans les hautes herbes, et les terribles vautours fondant sur eux du ciel.

— Quelle horreur ! s'exclama Elisabeth en frissonnant.

Les garçons la consolèrent :

— Leur maman va arriver très bientôt.

Elisabeth attarda son regard sur le dessin du troupeau, la montagne ambulante où les éléphanteaux se transformaient en de petites collines parmi beaucoup d'autres.

— Les dessins de Katarina ont acquis beaucoup de profondeur.

— Et une plus grande tendresse aussi, ajouta Erika.

Elles restèrent silencieuses un instant, puis Erika se tourna vers les garçons :

— Montez réveiller Katarina.

Katarina descendit en faisant claquer ses sandales dans les escaliers. Elle se jeta dans les bras d'Elisabeth et elles s'étreignirent pendant au moins cinq minutes. Les garçons en furent gênés.

— Pourquoi font-elles comme ça, maman ?

— Parce qu'elles ont terriblement besoin l'une de l'autre.

Ils restèrent longtemps à table, où ils savourèrent le saumon grillé aux épinards, le bon vin et leur joyeux bavardage. Ils parlèrent beaucoup du dangereux voyage de Katarina dans la tempête de neige.

— Tu n'es vraiment pas maligne, s'exclama Sam. Partir en voiture par un temps pareil !

— Tu as raison, ce n'était pas très raisonnable, répondit Katarina en secouant la tête.

Pendant qu'Erika couchait les enfants, Elisabeth et Katarina s'occupèrent de la vaisselle et Olof prépara le café. Il raconta que la religieuse avait téléphoné.

— Sais-tu ce qu'elle a dit de toi, Katarina ?

— Non, sans doute pas grand-chose. On a eu à peine le temps de se dire bonjour avant que je ne reparte.

— En tout cas, elle a dit que tu avais des yeux innocents, des yeux que l'on ne voit que chez les enfants.

Katarina rougit.

— Elle a raison, constata Elisabeth.

Et Erika, qui avait terminé de lire une histoire aux enfants, ajouta :

— Tu as le même regard que Jon, droit et étonné.

— Je n'ai pas dû finir de grandir.

Ils rirent tous, sauf Elisabeth qui annonça d'un ton triste :

— Excusez-moi, je suis fatiguée et j'ai hâte d'aller me coucher.

Erika se leva mais resta figée au milieu de son mouvement :

— Taisez-vous, murmura-t-elle.

Ils entendirent la pluie torrentielle qui crépitait sur les fenêtres de la cuisine.

— Un hiver bien court, fit Elisabeth.

— Demain, le monde sera de nouveau gris et boueux, dit Olof presque à regret.

Dans la chambre d'amis, la mère et la fille se couchèrent chacune dans leur lit et remontèrent les couvertures sous le menton.

— Tu as froid, maman ?

— Un peu.

— Je vais mettre le radiateur électrique.

Katarina alluma aussi les quatre bougies du chandelier.

— Un peu plus chaud et beaucoup plus sympa.

— Tu as osé parler du bébé ?

— Non, mais Erika l'a deviné.

Katarina rapporta la conversation singulière qu'elle avait eue dans la cuisine. Elisabeth ne parut pas surprise.

— Bien sûr qu'elle sait. Je crois qu'elle l'a su depuis le premier jour. C'est sûrement pour cela qu'elle t'a donné de la soupe dans un biberon.

Au bout d'un moment, Elisabeth poursuivit :

— Erika est douée d'une seconde vue, comme on disait autrefois. Elle croit que c'est héréditaire. Sa grand-mère était la sage du village et elle était très attachée à sa petite-fille. Mais Erika doit t'en parler elle-même. C'est mieux pour vous deux.

Katarina était tellement stupéfaite qu'elle en perdit la parole. Il lui fallut un moment pour retrouver ses mots et murmurer :

— Maman, ne me dis pas que tu y crois !

— Je crois ce que j'ai vu de mes yeux. Et j'ai vu pas de mal de choses jusqu'à présent.

— Mais encore ?

La question resta en suspens. Elisabeth s'était endormie.

Katarina se leva pour éteindre les bougies, se rallongea et écouta la respiration de sa mère. C'était une habitude rassurante, mais elle était déçue : sa mère et elle ne s'étaient pas rapprochées l'une de l'autre.

16

Katarina s'était endormie tard et elle dormit longtemps. Elle ne se réveilla que lorsque Erika frappa à la porte pour leur demander si elles voulaient prendre leur café au lit.

— Merci, nous descendons, dit Elisabeth.

Katarina ravala ses larmes. Sa mère ne voulait pas être seule avec elle.

Elle passa à la salle de bains, alla aux toilettes, se doucha et se lava les cheveux. Elle prit son temps, Elisabeth serait sûrement en train de déjeuner et de babiller avec les enfants.

Pourtant, lorsqu'elle retourna dans la chambre, elle trouva sa mère installée sur la chaise en osier près de la fenêtre en train d'étudier le dessin qui avait emprisonné le rêve du voyage en train vers son grand-père.

Elle tourna son regard bleu pâle vers Katarina :

— Qu'est-ce que c'est ?

— Le voyage de la honte. J'en ai rêvé une nuit, répondit Katarina qui raconta rapidement.

Elisabeth garda le silence. La voix de Katarina monta en fausset.

— Tu ne peux pas avoir oublié, maman. Quand nous étions assises sans bouger dans le compartiment, avec tous les voisins du village qui nous scrutaient !

Elisabeth regarda Katarina longuement. Elle se concentra et dit de sa voix la plus raisonnable :

— Nous n'avons jamais pris le train. Kalle Berglund nous a amenés chez grand-père. Nous nous sommes couchés dans sa voiture. Personne ne nous a vus.

— Pourquoi ne veux-tu pas te souvenir ? Pourquoi recrées-tu la réalité ?

Katarina criait. Sans élever la voix, Elisabeth déclara :

— Il n'y a pas de train pour Grynäs. Il n'y a aucun quai où ton grand-père pouvait nous attendre. Pour ce qui est des gens du village, ceux qui, dans ton rêve, nous regardaient d'une manière aussi effroyable, c'est à peine s'ils existaient. Nous vivions dans une banlieue récente de Västerås. Et comme tous ceux qui habitaient dans les pavillons voisins, nous étions assez anonymes.

Katarina s'assit sur son lit, ferma sa bouche et regarda sa mère fixement.

— Alors, les rêves mentent, murmura-t-elle.

— Non, ce n'est pas ce que je veux dire. Les rêves sont comme des mythes, symboliques et difficiles à interpréter.

— Qu'entends-tu par là ?

— Ils reflètent un sentiment, ils le grossissent. Le blocage dont souffrait la petite fille du train était sûrement vrai, tout comme le terrible abandon que ressentit l'enfant lorsque le train poursuivit sa route dans la nuit.

Elles se turent et se regardèrent longuement l'une l'autre. Puis Elisabeth reprit :

— C'était peut-être ma honte que tu ressentais dans ton rêve. J'avais honte, Dieu du ciel, j'avais tellement honte.

— Parce que tu t'étais laissé offenser ?

— Oui... Mais surtout de t'avoir laissée prendre des responsabilités. Tu as pris sur toi de demander de l'aide. Tu as fait ce que j'aurais dû faire depuis longtemps. C'est absurde, c'est indéfendable.

— Maman, tu te sens coupable vis-à-vis de moi ?

— Qu'est-ce que tu crois !

C'était au tour d'Elisabeth de crier :

— Je me sens coupable pour ce soir-là et pour tout ce que tu as dû endurer lorsque tout allait mal. Crois-tu que je puisse oublier comment à six ans tu as nettoyé mes blessures et m'as mise au lit ?

Katarina tremblait de froid lorsqu'elle murmura :

— Je ne l'ai jamais compris.

— C'est ma culpabilité qui a créé le mur entre nous, expliqua Elisabeth.

L'instant d'après, on frappa à la porte. Jon passa la tête par l'entrebâillement.

— Maman me charge de vous dire que si vous avez beaucoup de choses à vous raconter, vous avez aussi besoin de manger.

— Café ! lança Katarina. On arrive.

Erika les accueillit avec du pain fraîchement cuit et du café fort. Elle ne bavarda pas et elles lui en furent reconnaissantes.

Personne ne parlait dans la cuisine. La pluie cinglait la fenêtre.

Elles retournèrent dans la chambre d'amis. Katarina s'installa dans le lit et mit la couverture sur elle. Elle frissonnait malgré le café brûlant. Elisabeth s'assit sur la chaise en osier.

— Après le rêve, j'ai pu me rappeler cet épouvantable vendredi. Enfin, il en est peut-être des souvenirs comme des rêves.

— C'est possible. Nous nous souvenons avec les mots et la parole transforme la réalité. Elle n'a que l'embarras du choix. Mais comme pour les rêves, cela ne signifie pas que les souvenirs au sens profond du terme sont des mensonges. Raconte-moi ce dont tu te souviens.

Katarina décrivit en détail ses souvenirs du terrible vendredi. Les traits du visage froncés, Elisabeth déclara :

— Autant que je sache, c'est ce qu'il s'est passé.

Katarina acquiesça, sourit en biais :

— D'après toi, la parole transforme le passé. Mais je ne suis pas très douée avec les mots. Je me souviens d'images et elles sont, peut-être, plus fiables.

Elisabeth réussit presque à sourire.

— Erika et moi avons beaucoup parlé de la honte. Tu sais, ce qui est bizarre, c'est que j'ai honte que Jack m'ait battue. Comme les femmes qui culpabilisent parce qu'elles ont été violées.

— Qu'a-t-elle dit ?

— Que j'avais des raisons de culpabiliser. Elle voulait dire que j'avais joué avec un autre être sans jamais me demander qui il était et où étaient… ses secrets.

Elisabeth réfléchit longtemps avant de parler :

— Je ne sais pas, en tout cas ce n'était pas mon cas. J'avais tellement pitié de… ton père. Je me sentais tenue de lui faire oublier son enfance épouvantable, de le consoler pour son éternelle infériorité, de supporter sa jalousie, ses fanfaronnades et son besoin perpétuel de s'imposer. J'excusais même sa brutalité. J'essayais de le comprendre jusqu'à m'anéantir moi-même.

Le silence s'installa entre elles, lourd de douleur.

Elisabeth voulut pourtant continuer :

— Ce fut un long processus qui dura des années. Jusqu'à ce que je perde toute capacité à réagir. C'est alors qu'il se mit à me battre.

Katarina eut envie de pleurer, sans y parvenir.

— Lorsque nous nous sommes séparés là-haut à la maison de campagne, j'ai pensé que je devais m'obliger à me souvenir. Pour essayer encore une fois de comprendre. Et pour toi. En retournant à Gävle, j'ai décidé d'écrire.

— Écrire ?

— Oui, une longue lettre à ton intention.

— Voyons maman, ce n'est pas nécessaire.

— Si, j'y tiens.

Elles décidèrent d'aller se promener. La maison était vide. Olof était au secrétariat et Erika à la chorale de l'église avec les enfants.

Il pleuvait encore.

17

Lundi matin à 7 heures, le plombier arriva.

— Es-tu un géant ? demanda Jon.

— Oui, tu le vois bien, répondit l'homme qui mesurait deux mètres. Il rit tellement fort que le plafond de la cuisine se souleva. Puis il installa le petit garçon sur ses genoux et dit :

— Du café, merci.

« Merci » vint bien après le mot « café ».

— Et toi, tu es un petit Chinois, poursuivit la puissante voix. Le fils du peuple le plus ancien et le plus sage du monde. C'est vous qui avez découvert le compas. Et l'écriture. J'espère, dit-il en se tournant vers Erika, que vos fils vont apprendre l'écriture chinoise.

— Oui, petit à petit.

Elle sourit de son plus beau sourire en versant le café dans la tasse du colosse.

— Vous n'en avez pas de plus grande ?

— Si, en fait j'ai une tasse pour géant.

Un moment plus tard, il apporta ses machines dans la cuisine et les garçons regardèrent, ébahis, son long câble d'acier pénétrer dans le tuyau d'égout sous l'évier.

Au bout de quelques mètres seulement, tout était bloqué.

— Ma petite dame, dit le plombier en se relevant et en regardant Erika droit dans les yeux. Vous n'avez pas d'égout. Ça va directement dans le sol.

— C'est pour ça qu'il y a toujours un lac en bas sur la pelouse, s'écria Sam.

— Qu'est-ce que je disais, s'exclama le plombier. Les gens les plus intelligents du monde, ces Chinois.

Puis il secoua la tête et demanda si le pasteur était à la maison.

— Mon mari va bientôt arriver, mais il n'y connaît pas grand-chose en matière d'égouts.

— Non, il s'occupe plutôt des tuyaux qui montent au ciel. Quant à ceux qui descendent en enfer, j'ose espérer qu'il ne les connaît pas.

— Exactement, dit Katarina.

Erika éclata de rire et le plombier secoua la tête.

— La petite femme de pasteur n'a pas l'air de comprendre que c'est très sérieux. Vous avez déversé en toute illégalité vos eaux usées dans la nature. C'est une amende ou même la prison qui vous attend.

— Non, s'exclamèrent les garçons effrayés.

Le plombier les souleva un sur chaque bras.

— On se tait. On ne parle plus de ça. Encore du café, s'il vous plaît.

Il emmena les enfants dans le jardin, où, de son téléphone portable, il appela quelqu'un à qui il parla d'excavation. Puis il retourna d'un pas lourd dans la cuisine et demanda :

— Y a-t-il quelqu'un dans cette maison qui a un peu de plomb dans la cervelle à propos de ces choses-là ?

— Oui, moi, intervint Katarina. Je suis la sœur du pasteur, mais je suis aussi architecte. Et j'ai eu le temps de réfléchir au problème.

— Tiens donc, et vos conclusions ?

Katarina se dirigea vers la cloison de la cuisine et donna des petits coups :

— Au-dessus il y a une salle de bains. Je parie qu'elle est reliée au système des eaux usées de la rue.

— Et pourquoi, croyez-vous ça ?

— La salle de bains a été construite après.

— Dans ce cas, petite architecte, allons-y de ce pas.

Bientôt, avec grand fracas, la mèche de la perceuse tomba dans la cuvette des toilettes et disparut.

— Bien. Il faudra que vous redessiniez la cuisine.

Avant de partir, le plombier lança encore une fois les garçons jusqu'au plafond.

Erika était au bord des larmes.

— On ne devrait pas traîner des gens en justice quand ils ne sont pas au courant.

— J'imagine qu'on est censé connaître les lois, dit Katarina qui avait déjà commencé à examiner les murs de la cuisine. Erika, ce sera bien plus agréable. Imagine, le coin-repas au soleil devant la fenêtre.

Elisabeth s'occupa des garçons pendant qu'Erika prenait des mesures avec le mètre pliant et que Katarina dessinait. La cuisine était grande, ce serait un bon lieu de travail en angle.

Olof arriva et dut s'asseoir lorsqu'il apprit la nouvelle.

— Ce n'est pas possible.

— Si, et on risque la prison si quelqu'un l'apprend, insista Erika.

Elle rit en racontant ce que le plombier avait dit au sujet du pasteur qui savait tant de choses sur les tuyaux qui montent au ciel et rien sur ceux qui descendent en enfer.

Olof ne sourit même pas :

— Cela va nous coûter une fortune.

La matinée était presque terminée, Erika parvint cependant à prendre toutes les mesures, que Katarina inséra dans ses esquisses. Après un déjeuner rapide, Elisabeth et sa fille prirent le train pour Stockholm.

18

Lorsqu'elle ouvrit la porte de son appartement de Söder, l'angoisse perforait le ventre de Katarina à la manière de pattes d'une araignée velue. Elle avait apporté le plus grand soin à l'aménagement de son logement, qu'elle avait décoré avec beaucoup de goût. Et elle le trouvait encore fantastique. Mais elle n'éprouva aucune joie lorsqu'elle parcourut les pièces une à une en regardant les tissus bien assortis, les meubles design et les peintures vives, les sculptures, les poteries de grès.

Jusque-là, le tout était à son image.

Mais elle ne savait plus qui...

Elisabeth sortit faire des courses. Katarina tria son courrier. Il y avait une lettre avec des timbres américains.

New York, le 15 octobre

Katarina !

Je ne t'écris pas pour te demander pardon. Je sais que ce que j'ai fait ne peut être ni pardonné ni compris même s'il peut y avoir certaines explications. Par cette lettre, je veux seulement te dire que mon désespoir est tel qu'il n'existe pas de mots pour le décrire.

Je suis en train de divorcer et j'ai démissionné de Berkeley. Ici à New York, dans ma solitude, je me suis rendu compte que je t'aime et que je n'ai cessé de t'aimer.

Mais nous jouions seulement à profiter l'un de l'autre, à nous accorder un été fantastique. Je sais maintenant que ce n'était pas vrai. En ce qui me concerne en tout cas.

Je te serais tellement reconnaissant de bien vouloir m'écrire quelques lignes, me dire comment tu vas et si tes blessures se sont cicatrisées. Et si tu veux toujours garder l'enfant. Si c'est le cas, je veux conclure un accord économique avec toi.

Ton Jack

Katarina lut la lettre et des larmes coulèrent de ses yeux, mais la vilaine araignée avait cessé de lui torturer l'estomac. Un moment plus tard, elle se souvint de ce que sa mère avait dit au sujet de son père, comment elle avait compris, et encore compris, et comment elle avait eu tellement pitié de lui qu'elle s'était perdue elle-même.

Jamais, pensa-t-elle et s'assit pour lui répondre.

Stockholm, le 13 novembre

Jack,

Dans tous les registres concernant mon enfant, j'écrirai : père inconnu. Tu n'as rien à voir avec la petite fille que je vais mettre au monde. Comme je te l'ai déjà dit, je n'accepte pas d'argent. Tu n'auras aucune place dans mon univers.

À l'avenir, je te renverrai tes lettres sans les lire. Mais envoie-moi une carte postale avec la réponse à une seule question : as-tu battu ton épouse ? Je me contente d'un honnête oui ou non.

La pute de ce foutu pays socialiste,

Katarina

Lettres à ma fille chérie

Gävle, le lundi 20 novembre

Katarina !

On parle souvent de la vérité pure et simple. Or elle ne l'est jamais.

Cela va être long. Je réalise que je dois commencer par mon enfance pour pouvoir remettre quelques morceaux en place.

Comme tu le sais, la première femme de mon père a eu deux fils. Ils avaient huit et dix ans lorsque leur mère mourut dans un accident de voiture.

Le choc et le chagrin ont dû être terribles pour mon père et ses enfants. C'est à ce moment-là que Katrin est venue pour la première fois à la ferme. La sœur de mon père était professeur comme moi, veuve, forte et seule. Comme tu le sais, ton nom vient d'elle.

L'ordre revint à la maison : il y avait à manger, les garçons reçurent une solide éducation, beaucoup d'attention et de compréhension et des exigences précises. Deux ans après, l'inconcevable se produisit, ce que jamais personne n'a pu expliquer, et surtout pas mon père.

Il se remaria avec une dame.

Elle était très belle, élancée, aux nerfs fragiles comme on disait à l'époque. Aujourd'hui, on dirait qu'elle était gravement névrosée. Une personne, qui n'était pas prête pour la vie, allait devenir femme de pasteur dans un grand foyer à l'ancienne à la campagne.

Elle ne supporta pas ses beaux-fils. Ils furent mis en pension à Karlstad chez un de leurs oncles et je crois qu'ils ne l'ont jamais pardonné à notre père. Katrin disparut. Personne n'a jamais su si elle avait été jetée hors de la maison ou si elle était partie en signe de protestation. Elle était très attachée aux garçons.

Dieu seul sait comment cela a pu arriver, bref, la jolie épouse tomba enceinte. C'était moi. Selon elle, l'accouchement faillit lui coûter la vie. En tout cas, elle n'eut pas la force de s'occuper de moi. Les avis divergent concernant ma survie. Pour certains, mon père aurait trouvé une nourrice (ce qui semble invraisemblable au début des années 40), pour d'autres, la vieille bonne du presbytère m'aurait nourrie de lait de vache mélangé à de l'eau. Quoi qu'il en soit, le vieux docteur Svanberg (Te souviens-tu de lui ?) fut épouvanté lorsqu'il examina l'enfant qui ne grandissait pas et ne pleurait pas.

Il paraît qu'il sermonna mon père, le pasteur, qui - jusque-là s'était contenté de prier pour la vie de l'enfant. Toujours est-il qu'il partit pour Säffle et revint avec Katrin, qui devint ma mère, qui me donna de la force et qui m'aima. (Il faut que je fasse une pause pour pleurer un peu.)

Katrin avait un grand rire. On ne l'entendait pas souvent mais lorsqu'il résonnait dans la maison, tout le monde était obligé de l'écouter et de rire en même temps. Et chaque fois que cela arrivait, c'était pour moi une preuve que rien ne pouvait être vraiment dangereux. C'était ce que le rire exprimait.

Katrin, elle, disait que les ennuis existaient et qu'on ne pouvait pas les éviter. Il fallait les prendre les uns après les autres comme ils se présentaient. Quant à ma mère, elle affirmait, en m'observant de la tête aux pieds, qu'il était totalement incompréhensible qu'elle ait eu une enfant aussi laide.

(Peux-tu imaginer sa voix nasillarde ?)

Et bien sûr ce qu'elle pensait de moi se grava en moi.

Katrin et moi passions les hivers dans la grande cuisine. J'apprenais énormément de choses : des tours de main pour cuisiner, bien sûr, mais aussi que la farine provenait des grains de blé, qui allaient du moulin au marchand avant d'arriver sur la table de la cuisine. J'apprenais des choses sur le soleil, le nom des étoiles dans le ciel et la meilleure façon de faire de la pâte à crêpes.

Et puis, elle me lisait des histoires. Lorsqu'elle n'avait pas le temps et que je la harcelais, elle me disait : « Il est temps que tu apprennes à lire toute seule. »

Elle commença par découper des lettres dans le *Värmlands Folkblad*, les voyelles d'abord, puis les consonnes. Je reproduisais les sons, et en très peu de temps, je pus construire des phrases. J'avais quatre ans et mon père trouvait que ce n'était pas normal. Mais Katrin souriait et il disparaissait de la cuisine. Tu te souviens sûrement qu'elle avait un sourire très spécial, sa bouche partait vers le haut et les commissures des lèvres vers le bas. Son humour était froid, bourru, un peu amer.

Un jour, je compris que mon père avait peur d'elle.

Une autre fois, il me gronda parce que j'étais toujours pressée, têtue et agitée. Katrin perdit alors patience et plaqua la paume de sa main sur la table en disant :

— Cher Gustaf. Étant donné que tu es lent d'esprit et que tu n'as pas grand-chose dans la tête, ce n'est pas étonnant que tu ne comprennes pas une personne douée d'une vive intelligence. Elisabeth est très douée et, comme toutes les personnes de cette sorte, elle est impatiente.

Cela se passait à table, l'une des rares fois où ma mère eut la force de prendre le repas avec nous.

— C'est affreux. Non seulement cette enfant est laide, mais elle est aussi intelligente. Elle ne pourra jamais se marier, s'exclama-t-elle.

On aurait cru qu'elle prononçait une condamnation à mort. L'énorme rire de Katrin envahit alors toute la maison.

Naturellement, je ne compris pas toutes les subtilités de ces remarques. Une chose était sûre néanmoins : elles m'avaient marquée. Les graines avaient été semées mais des années allaient être nécessaires avant que la mauvaise herbe ne germe et ne fasse presque tout mourir.

Ma mère ?

On la voyait rarement, elle disparaissait dans sa grande chambre à l'étage. Et pourtant, elle remplissait toutes les pièces, les escaliers et les couloirs. Elle était toujours présente.

La cuisine était le seul endroit où elle ne m'atteignait jamais.

Malgré tout, elle survécut année après année.

Tu te souviens sûrement de son enterrement, tu étais alors presque adulte. De nombreuses personnes y assistèrent. Les gens du village, qui ne l'avaient presque jamais vue mais qui en avaient fait une légende, étaient venus pour regarder. Son arrogante famille se tint près du cercueil, l'évêque en personne présida la cérémonie, un calme singulier s'empara de mon père. Mes frères ne s'étaient pas déplacés.

Je fus la seule à pleurer ; inconsolable, désespérée, je regrettai bruyamment la mère que je n'avais pas eue.

Lorsque nous vidâmes sa chambre, je cherchai en vain des photographies. Pas une seule photographie d'elle depuis qu'elle était arrivée au presbytère. Une grande photographie en couleurs de la mariée était accrochée ans le bureau de mon père. Qu'elle était belle !

Pour la première fois, je me demandai comment elle avait pu devenir ainsi. Que lui était-il arrivé ? Qu'était-il advenu de l'enfant qu'elle avait été un jour ? Comme d'habitude, je me tournai vers Katrin, mais elle n'eut pas beaucoup de réponses à me donner.

— En fait, ce ne sont que des commérages, affirma-t-elle.

Je me suis fait ma petite idée. On disait que, petite fille, elle était craintive et effarouchée et avait les nerfs fragiles. Elle avait des crises d'angoisse, le traitement des docteurs de l'époque consista à l'envoyer en camisole de force dans un asile d'aliénés de la haute société. Lorsqu'elle rentra chez elle, les crises d'hystérie avaient cessé. Mais au bout de quelques mois, les crises revinrent et s'aggravèrent.

Ses proches ne savaient que faire d'elle, elle la honte de la famille. Selon les commérages, cette folie était héréditaire. Ce fut naturellement un énorme soulagement lorsque le candide pasteur de campagne la demanda en mariage.

— De façon rustique et ridicule, déclara son père.

Mon grand-père maternel, donc, que je n'ai jamais vu.

Il faut que j'arrête d'écrire pour essayer de dormir. Je continuerai demain.

Maman.

Mardi 21 novembre

Tu m'as souvent demandé quels étaient mes liens avec Dieu ; je vais essayer de te répondre.

Je n'ai jamais eu de relations avec Dieu. Peut-être est-ce parce que j'ai trop entendu parler de lui pendant mon enfance. Mais je pense qu'il y a une autre explication plus crédible : je n'ai jamais eu de relations avec mon père.

Si ma mère était « présente », mon père était un immense vide.

J'en ai parlé à Olof qui a du mal à me croire. Il estime que votre grand-père était sage et visionnaire, et qu'il avait un grand cœur chaleureux pour toutes les pauvres créatures de la terre.

Dixit Olof.

Et je réponds naturellement que nous devons respecter les points de vue de chacun. Mais la première fois que nous avons eu cette querelle, je suis montée dans ma chambre et j'ai donné des coups de poing dans le mur. Et j'ai pleuré de colère parce que je n'avais même pas été l'une de ces nombreuses créatures qui avaient trouvé place dans le grand cœur de mon père.

Après... ?

Tu sais que j'ai toujours été championne pour trouver des explications aux négligences et aux péchés de tous les fous. Ainsi, j'ai commencé à « comprendre » mon père qui avait eu une enfant par erreur. Avec une femme qu'il avait commis l'erreur catastrophique d'épouser.

Pauvre papa, pauvre papa si gentil, si bon.

Olof assure aussi que son grand-père savait écouter. Et moi, je pense que je ne lui ai jamais parlé. Je ne suis jamais allée vers lui avec mes pensées et ma confiance.

Et je me le reproche. Mais je ne sais vraiment pas comment un enfant peut avoir des contacts avec le vide. C'est tout aussi impossible que de parler avec Dieu.

Je remarque que je décris une enfance sombre. Ce n'est pas vrai. J'avais Katrin, qui se trouvait au centre de la vie et me donnait de la force.

J'avais aussi des camarades de jeu. À l'époque, il y avait encore des gens, des enfants et des animaux dans le village que l'on appelle désormais la commune. Nous avions une école, une poste, une épicerie, une boulangerie, un coiffeur, un médecin et une infirmière. Nous avions même un dentiste, mais nous n'y allions pas parce qu'il était brutal et souvent ivre. Et puis, nous avions bien sûr la scierie, qui faisait vivre tout le monde, selon Katrin.

Au début, ils me regardaient de travers, les jeunes qui fourmillaient le long des plages et des prairies, moi la fille d'une dame et d'un pasteur. Mais je me défendais, je grimpais aux arbres, je me battais comme eux. Et je faisais de l'aviron. Pour une raison incompréhensible, j'avais un certain talent pour ramer.

Si j'étais acceptée par les garçons, les filles me narguaient. Je ne pus jamais jouer à la poupée avec elles, donc je n'ai jamais appris.

Les petites filles peuvent être d'une méchanceté infernale.

Les filles du cordonnier, les plus jolies du village, étaient les plus odieuses. Elles répétaient la phrase de ma mère : j'étais laide comme une punaise de sacristie. Elina la sortait dans son dialecte le plus prononcé et toutes les filles éclataient de rire.

Je ne savais pas à quoi ressemblait une punaise de sacristie, mais je comprenais que ce ne devait pas être très affriolant. Je lui répondais dans mon plus beau suédois qu'elle devrait peut-être apprendre à parler correctement.

Tout le monde disait que j'étais un garçon manqué, ce qui paraît assez innocent aujourd'hui, à l'époque toutefois, ça donnait l'impression de quelque chose de déviant, inconnu et dangereux. Naturellement, je confiais mes ennuis à Katrin, qui m'écoutait avec sérieux. Un soir, j'entendis parler de la société de classes pour la première fois. Ce que notre société a de plus atroce, reste le plus enfoui le plus souvent, d'après elle.

— Lorsque tu entends ton père affirmer que tous sont égaux devant Dieu, c'est sûrement vrai. D'en haut, on ne voit pas les différences. Tu n'as jamais vu comment vivent Elina, Kajsa et Emil.

Comme d'habitude, Katrin se moquait de savoir si je comprenais ou si je suivais ses explications. Elle commença par la révolution française. Un monde incompréhensible s'ouvrait devant moi.

— Mais je ne suis que moi.

— Non. Personne n'est que soi. Tu es marquée par ton choix de mots, ta prononciation, ta façon de penser, tes vêtements, tes gestes. Même ta façon de voir la réalité est déterminée par ton appartenance de classe. Tu es une enfant de la classe moyenne intellectuelle que l'on considère ici à la campagne comme classe supérieure.

» Donc, tu représentes une classe enviée et détestée lorsque tu joues avec les enfants ici. Tu fais partie de ces suffisants et orgueilleux qui n'ont jamais besoin de gagner leur pain à la sueur de leur front. Et les filles du cordonnier ne sont pas seulement belles, elles sont aussi en situation inférieure et s'affirment comme elles peuvent. Je le sais parce que leur père est un socialiste forcené que je respecte.

Elle parla longtemps de la haine des classes qui couvait et qui pouvait s'enflammer à tout moment. Elle décrivit la colère montante des travailleurs et la peur des riches.

Je ne compris pas tout ce qu'elle dit, mais je pris peur. Et je ne jouai plus avec les autres enfants.

Puis je commençai l'école, ce qui augmenta ma marginalité. Je savais lire, écrire, compter, prier et chanter des psaumes. La maîtresse trouvait cela pénible et décida avec Katrin de me faire sauter une classe. Et je me suis retrouvée la plus jeune et la plus petite de tous. Je m'ennuyais et j'étais la meilleure de la classe. Ce n'était pas bien, j'avais très souvent mal au ventre.

Malgré mes problèmes de ventre et mes vomissements, j'étais heureuse à la maison dans mon lit avec mes livres. C'est alors que je me mis à lire Selma Lagerlöf et que je me plongeai avec ravissement dans les classiques.

Finalement, Katrin obtint l'autorisation de me donner des cours à la maison. Il suffisait que j'aille à l'école le jour des examens. J'étais gaie comme un pinson au printemps. Mais, inquiète, Katrin parla à mon père de l'importance de ce qu'elle appelait la sociabilité.

Comme d'habitude, il n'eut aucune opinion.

Je demeurai, comme tu le comprends, une enfant seule.

Je fis ma confirmation au printemps de mes quatorze ans. Pour des raisons que je ne compris pas, Katrin avait décidé que mon père ne me préparerait pas à ce sacrement. Et une fois par semaine, j'allai en bus à Karlstad. Ce furent mes premières excursions toute seule et j'adorais marcher dans les grandes rues et regarder les maisons magnifiques.

Et les gens. Je me revois une après-midi sur la place noire de monde, frappée par cette idée que nous sommes nombreux, si incroyablement nombreux.

Le pasteur était jeune et beau, franc et convaincant. Assise au dernier rang, je pensais toutefois qu'il mentait de façon très éloquente.

À l'automne de cette année-là, j'eus une méningite. Je restai plusieurs jours dans le coma ; ce fut une période épouvantable pour Katrin, qui resta à veiller près de mon lit. Moi, en revanche je me trouvai dans un monde infini, presque bienheureux. Tout n'était que joie, rien de dangereux ne pouvait m'arriver. Je me promenais à l'intérieur de mon âme immense.

Je mentionne cet événement car il fut important pour moi, presque déterminant. Cette maladie m'a appris que l'intellect est une canaille s'il règne tout seul.

Je t'embrasse,
Maman.

Mercredi 22 novembre

Ce matin, j'ai décidé de laisser de côté mes souvenirs d'enfance. C'est à cause de ce que j'ai écrit hier sur le fait de perdre sa conscience et de trouver son âme. Je me suis rendu compte qu'il y a une connaissance profondément cachée dans tout être humain. Elle ne peut se discuter en termes scientifiques, pas même religieux. Nos Églises ont choisi de faire des mythes et des symboles des vérités historiques. On prend des libertés avec la vérité en procédant de la sorte.

Et je me suis mise à penser à Erika.

Tu te souviens lorsque Olof nous annonça qu'il avait rencontré une fille et que cette fois-ci c'était sérieux. Il voulait que nous la rencontrions, toi et moi. Je ne me rappelle pas pourquoi nous décidâmes de les inviter à dîner dans ton appartement. Ce devait être pour des raisons pratiques. Nous nous sommes appliquées à préparer un bon repas, nous avons acheté du bon vin et nous nous sommes chamaillées sur les vêtements que nous allions porter. Une tenue ni trop élégante ni trop simple. Tu te souviens sûrement.

Elle n'était pas de celle que l'on embrasse spontanément. Nous lui serrâmes la main dans l'entrée en pensant : ce n'est pas vrai, cette fille insignifiante, assez laide, petite, au corps et au visage carrés. Muette qui plus est. De toute la soirée, elle prononça peut-être cinq phrases plates et insignifiantes.

Nerveusement, nous essayâmes de combler ce vide de façon intellectuelle, et nous bavardâmes et conversâmes. Je savais qu'elle étudiait l'histoire des religions à Uppsala et lui demandai si c'était intéressant. Elle répondit que c'était ennuyeux.

Nous restâmes une éternité à table. À leur départ, je n'osai pas croiser le regard de Olof. J'avais honte. Après, nous nous sommes disputées toutes les deux. Je t'affirmai que cette fille avait peur, que ce devait être pénible d'être inspectée comme une génisse sur le marché. Toi, tu réfutas que pas une seule seconde elle n'avait eu peur ou s'était sentie en position d'infériorité, et qu'au contraire, elle nous méprisait.

Je te dis alors que j'espérais que tu avais raison, car je voulais que mon fils ait une épouse intelligente et forte.

Mais tu me répondis en riant qu'il y avait sûrement une méchante belle-mère en moi.

— Quand il s'agit de ton fils, il y a peu de chance pour qu'une fille trouve grâce à tes yeux.

Je ne me joignis pas à ton rire et j'eus du mal à m'endormir ce soir-là. Olof allait épouser une fille qui le suivrait comme un petit toutou.

Quelques mois plus tard, je donnai une conférence à Uppsala, sur Emilia Fogelklou et le groupe qui gravitait autour d'elle à Fågelsta. Ma thèse était que, d'une certaine manière, chaque nouvelle génération de femmes doit commencer par le début et avec ses propres expériences. Je ne me rappelle plus très bien et ça n'a aucune importance.

En revanche, ma rencontre avec Erika est gravée dans mon esprit. Elle se tenait à la périphérie d'un groupe de femmes qui voulaient me remercier, et lorsqu'elle arriva jusqu'à moi, je dus faire un effort pour la reconnaître quand elle m'adressa la parole.

— Je suis venue vous dire que je ne suis pas aussi bête que j'en ai l'air.

— Ne repartez pas comme ça. Donnez-moi un quart d'heure pour remercier les organisateurs, attendez-moi à la réception, nous irons dans ma chambre d'hôtel.

Nous avons parlé jusqu'à 4 heures du matin, avec une bouteille de vin et des sandwichs que j'avais commandés à la réception. Elle, assise en tailleur sur mon lit, et moi, dans l'unique fauteuil de la chambre.

Elle me raconta son enfance singulière dans une petite ferme nichée dans une vallée encaissée au milieu des montagnes. Sa mère mourut à sa naissance et sa grand-mère s'occupa d'elle. Elle s'appelait Laila et c'était la sage du village.

Erika dit cela en me regardant avec appréhension. Évidemment, je ne pus cacher mon étonnement. Mais il n'y avait aucun doute, j'éprouvais de la curiosité et de l'intérêt. Elle parla des bûcherons qui allaient voir sa grand-mère lorsqu'ils se blessaient et recevaient un coup de hache sur la jambe.

— Grand-mère était formidable pour arrêter les hémorragies.

Puis elle rit, et pour la première fois je remarquai qu'elle était mignonne, qu'un rayonnement et un émerveillement émanaient d'elle. Elle continua à sourire lorsqu'elle raconta qu'en raison du grand nombre d'accidents dans la forêt sa grand-mère avait été obligée d'acheter une vieille fourgonnette qui gravissait les hautes montagnes dans un bruit infernal.

Sur la plate-forme elle avait installé un lit où elle plaçait les blessés une fois les hémorragies arrêtées. Puis elle les amenait à l'hôpital pour les faire recoudre et soigner.

— Avait-elle son permis de conduire ?

— Oh non. Mais jamais personne ne la dénonça car tout le monde savait tout le bien qu'elle faisait. Je crois aussi que les gens avaient un peu peur d'elle, vous savez, elle était en quelque sorte la sorcière du village. J'allais à l'école du village, mais je n'apprenais rien là-bas. Je savais lire, écrire, et tout ça... Je n'ai jamais été vraiment sociable, comme on dit.

Assise aussi raide qu'un piquet sur ma chaise, je réclamai un autre verre de vin.

Après avoir rempli nos deux verres, Erika reprit :

— C'est un handicap, Elisabeth. Dès que je rencontre des gens dans votre genre, les copains de fac, les amis d'Olof et d'autres personnes en ville, je deviens muette. J'ai beaucoup d'idées. Quand vous m'avez demandé ce que je pensais sur l'histoire des religions, j'aurais pu raconter pendant un quart d'heure comment la science réduit en cendres ce qui est grandiose et secret.

Elle se tut comme si elle avait besoin de réfléchir :

— Lorsque des gens comme vous et Katarina parlez, je ne peux pas m'empêcher de trouver que vous mentez. Non pas tant à cause de vos paroles, que de votre ton, des nuances et de ce que vous cherchez à démontrer. Vous comprenez ?

— Oui, vous avez raison jusqu'à un certain point. Si ce n'est que la parole est l'outil que nous avons à notre disposition pour nous rapprocher les uns des autres.

Pour impressionner, certainement, et pour être respecté.

— Oui, je sais. Il faut que j'apprenne.

— Vous devez surtout apprendre à ne pas tout prendre autant au sérieux.

Comme tu le comprends sûrement, Katarina, la soirée fut étonnante. Mais le plus incroyable se produisit lorsque nous nous souhaitâmes bonne nuit. À la porte, elle me dit :

— J'espère que vous vous débarrasserez de cette image du gentil toutou qui suit Olof à la trace.

Puis elle disparut. Je restai allongée sans arriver à dormir, en me demandant comment elle avait bien pu savoir ce que j'avais pensé le soir du dîner chez toi. Une fois rentrée à Gävle, l'esprit un peu plus calme, j'écrivis une lettre pour lui poser la question.

Ensuite, sans savoir comment, je lui racontai le voyage dans mon âme la fois où j'étais dans le coma.

Comme tu le sais, Erika et moi sommes devenues amies. Je sais aussi que tu as été jalouse de cette amitié. Et je peux le comprendre. On ne peut rien lui cacher, c'est aussi simple que cela.

Bonne nuit. Demain, nous sommes jeudi, le jour de la semaine où je suis le plus occupée. Vendredi j'ai une conférence. Nous nous verrons le week-end. Ce sera génial de voir la maison.

Maman.

Mercredi 29 novembre

Tu m'as souvent accusée d'être mystérieuse. Je te l'accorde. Je n'ai jamais réussi à être la maman ouverte que tu souhaitais avoir.

D'un autre côté, Katarina, il en va ainsi des secrets. Plus on les dissimule, plus ils deviennent mystérieux. Ensuite, avec les années, ils se ratatinent et perdent de leur poids. Il est alors temps de se demander pourquoi ils ont été aussi mystérieux.

J'en suis à ce stade maintenant.

Cette correspondance me donne le sentiment d'avoir enfin une conversation avec toi. Voyons, où en étais-je avant d'arriver à Erika ?

Oui, à l'époque du lycée à Karlstad.

Mon rêve finit par se réaliser. J'étais comme les autres, non une déviante non acceptée. Certes, c'était une question de classe. L'école où Katrin m'avait inscrite était peuplée de filles comme moi, des filles de bourgeois de la campagne du Värmland.

Je dois dédier quelques lignes à Elin qui, veuve comme Katrin, gagnait sa vie en louant des chambres aux filles de bonne famille qui allaient à l'école en ville. Elle connaissait toutes les règles cachées du jeu. J'arrivai une semaine avant les autres, elle m'emmena chez le coiffeur me faire couper les cheveux selon la mode du moment, puis dans les magasins pour m'habiller correctement, tout en me disant combien j'étais mignonne. Le summum fut atteint un samedi après-midi lorsque nous essayâmes des rouges à lèvres et qu'elle m'offrit mon premier tube.

Puis elle m'apprit les convenances, ce qu'il fallait dire et ne pas dire, les questions qu'il ne fallait pas poser et l'art auquel je n'ai jamais rien compris, celui des demi-vérités.

Le sexe faisait partie des choses dont on ne parlait pas ; ce qui était extraordinaire, car, au réfectoire et en classe, les filles vibraient d'hormones mais parlaient d'amour.

Nous dépensions beaucoup de temps et d'énergie à être folles d'amour. Tous les murmures, les gloussements, les commérages et les longues conversations dans les chambres, le soir, se rapportaient aux garçons, les dégoûtants et les beaux, les niais et les intelligents. L'arrivée d'un garçon élégant embrasait l'air des chambres bruissantes de chuchotements, la jalousie arrachait presque les yeux de la plus belle ou de celle qui avait été vue main dans la main avec le nouveau garçon en ville.

Si, si, je faisais partie du groupe, mais je restais isolée et n'ouvrais presque jamais la bouche.

Elles racontaient leurs rêves de symbiose éternelle, de cloches de mariage, de belles maisons. Jamais de sexe, quelquefois de baisers, mais guère plus.

Lorsque les jeunes femmes sont folles d'amour, il arrive souvent qu'elles deviennent folles d'elles-mêmes, de leur corps, de leurs cheveux, de leur bouche, de leurs yeux. Des heures devant le miroir, des discussions à n'en plus finir sur le maquillage et les vêtements.

Nous avons eu aussi des cas d'anorexie. Comme cela n'existait pas à l'époque, on ne prenait pas au sérieux les enfants qui ne mangeaient pas à leur faim. Nous étions jalouses de leur minceur jusqu'à ce que le médecin scolaire prît les choses en main et renvoyât les malades chez elles pour les faire grossir. Ce fut bien sûr un échec, et Klara, ma camarade de chambre, se suicida.

(Maintenant je suis arrivée tellement loin dans mes souvenirs que j'en souffre.)

Bien sûr, les garçons dont nous étions éprises étaient tout aussi obsédés. Pas d'amour, de sexe. Il s'est donc passé ce qu'il se passe lorsqu'un garçon et une fille finissent par se rencontrer au lit.

Tout allait bien pour moi à l'école comme d'habitude. J'avais quelques professeurs inspirés et mon goût pour la littérature et l'histoire devint presque une passion. J'écrivis un rapport de recherche sur les écrivains danois, avec Karen Blixen et Kaj Munk comme personnages principaux. À cette époque, Kaj Munk était une légende, le prêtre tué par la Gestapo qui avait écrit une pièce de théâtre sur Jésus le juif.

De quoi me souviens-je encore ? Nous faisions du théâtre, *Antigone*, une grande mise en scène avec de beaux costumes sur le texte classique de Sophocle. J'avais un rôle important... Lequel ? Pas une seule image ne me revient à la mémoire.

N'est-ce pas curieux ?

Puis vint l'époque du bac et je ne m'en souviens même plus. J'obtins une bourse et, à l'automne, je partis pour Göteborg étudier à l'École normale supérieure.

Pour la première fois de ma vie, je vivais seule et j'aimais cela. On a du temps pour son âme lorsqu'on est seul. La ville m'aidait. Vivre dans une grande ville où l'on pouvait disparaître était une joie sans mélange.

— Vous venez du Värmland ?

— Oui, ça s'entend ?

— De la riche région de Bergslagen ?

— Non, mon père était pasteur dans un village à la campagne.

Le garçon avait les réponses aux questions qu'il se posait, il me situait et pouvait parler de son père qui était ingénieur aux chantiers navals de Götaverken. Nous nous étions renseignés mutuellement et cela nous suffisait.

Les filles gloussaient aussi à l'École normale mais leurs rires n'étaient pas aussi hystériquement imprégnés d'amour. Le romantisme avait plus de difficulté avec les princes charmants assis à côté pendant les cours ; ils étaient aussi maladroits, hésitants et moites que nos frères ou nos cousins.

Même si je continuais d'être solitaire, j'eus quelques amis. Jamais intimes. Pourtant je me sentais bien, j'allais à des fêtes, je m'amusais et j'avais un certain succès, car je dansais très bien.

Mais le plus important de tout, c'était la mer.

Le premier automne, presque chaque après-midi de libre, je prenais le tramway pour Saltholmen, et, parfois, lorsque je n'avais pas de cours le matin, j'y allais dès l'aube. Avec le premier tramway je traversais le quartier de Majorna et assistais au réveil de la ville. Dans la rue Karl Johan, je voyais des cohortes de travailleurs se diriger vers les ferries qui allaient les emmener à Hisingen, aux grands chantiers et à Volvo. Göteborg était une ville ouvrière, ce dont on ne se rendait pas compte de Vasastan où j'avais ma chambre et mon école.

Revenons à la mer. J'ai grandi près d'un lac, et je l'avais toujours vu devant moi lorsque je lisais des livres sur la vie au bord de la mer. Jamais je n'aurais pu m'imaginer cette infinité ni cette grandeur.

Le tramway s'arrêtait à l'intérieur des terres, aussi fallait-il marcher un bon moment avant d'atteindre les rochers nus au bord de l'eau. C'était là que je m'asseyais.

C'était un automne ensoleillé. L'étrange lumière venait des étendues d'eau, une lumière si transparente qu'elle n'offrait presque pas d'ombres. Elle entourait les montagnes et les gens sur la plage et tout devenait doux et distinct. Assise là, je la laissais me pénétrer et retrouvais la grande révélation que j'avais vécue lorsque j'étais enfant. Je la recréais, ce qui me donnait de l'assurance.

J'allais perdre tout cela à Västerås.

Je continuerai un autre jour.

Maman.

Samedi 2 décembre

J'obtins donc mon premier poste de professeur à Västerås, où je rencontrai les enfants qui allaient donner un sens à toute ma vie de professeur. Mes connaissances en pédagogie et sur le développement psychologique des enfants étaient assez superficielles.

Pourtant, ces connaissances allaient être décisives pour moi. Bientôt, j'allais presque tous les jours à la bibliothèque municipale. Je lisais Freud et son livre sur les rêves ; fascinée, je m'attardais longuement sur Jung et ses archétypes. Mais Karen Horney fut la plus importante pour moi.

C'était bien avant Alice Miller et Winnicott.

Je décris peut-être cela de façon un peu trop théorique. J'étais un bon professeur. Peut-être le devais-je à Katrin. Peut-être le fait d'être un bon pédagogue est-il un talent inné, offert comme un cadeau de baptême par un destin complaisant. Le plus difficile et le plus intéressant, c'était d'enseigner aux enfants prépubères, lorsque les hormones frissonnent dans le sang et que la rébellion est dans l'air.

Je me sentais bien. Nous formions un groupe de jeunes professeurs et nous nous rencontrions une fois par semaine pour échanger nos expériences et passer un bon moment. Lorsque je repense à cette époque, je crois que nous discutions constamment de ce que l'on appellera plus tard « résolution de conflit » et « rejet ». Mais ces expressions n'existaient pas encore.

Majken, que tu connais bien, et moi louâmes un studio dans un immeuble moderne. Nous nous asseyions de chaque côté d'une grande table avec des piles de devoirs à corriger. Puis nous dormions chacune dans notre lit des deux côtés de la table.

Puis vinrent le printemps et le bal de Walpurgis. Et je rencontrai Sten. Je compris enfin ce sur quoi tous avaient déliré pendant mes années d'adolescence. Tous les symptômes apparurent, je rougis, mon cœur s'affola, je laissai tomber mon sac à main, je perdis l'esprit et l'usage de la parole.

Nous dansâmes, Dieu sait combien nous dansâmes cette nuit.

Il dit que j'étais belle et je le crus. Il dit que j'étais la plus belle qu'il eût jamais vue et je le crus aussi. Il était le plus bel homme que j'avais jamais vu, vigoureux, grand, des traits bien dessinés, des yeux sombres et des cheveux bruns bouclés.

À l'aube, lorsque Majken me ramena à la maison, je compris enfin que ce à quoi je n'avais jamais cru m'était arrivé. J'étais amoureuse.

Le lendemain, je reçus des fleurs accompagnées d'une carte mal écrite. Je le remarquai mais je ne ressentis que de la tendresse. Le vendredi, il m'attendait devant l'école. Il avait une voiture, ce qui était extraordinaire pour l'époque. Nous nous en allâmes vers le lac Mälar dans un vrombissement de moteur qui me fit éclater de rire.

Au bout du chemin, il arrêta la voiture et nous regardâmes les tussilages qui avaient fleuri, de petits soleils jaunes au bord du fossé, et les bouleaux avec leurs frêles branches vertes qui se reflétaient orgueilleusement dans le grand lac.

Je parlais de la mer, cherchais mes mots pour décrire la révélation que j'avais ressentie à Saltholmen à l'extérieur de Göteborg. Mais il se moqua de moi, me traitant de petite folle.

J'étais flattée, je n'avais pas toute ma tête.

Puis nous nous embrassâmes. Pas un long baiser brûlant, mais prudent et tendre. C'était mon premier baiser, c'était délicieux.

Sur le chemin de retour, je lui dis qu'on pourrait se raconter un peu d'où nous venions et ce que nous attendions de la vie. Il devint silencieux. Comprenant qu'il était embarrassé, je proposai de commencer.

— Je suis née et j'ai grandi dans un presbytère dans le Värmland.

— Je sais, dit-il. Ta mère est une aristocrate et ton père un pasteur connu.

— Comment le sais-tu ?
— On a ses informations.

J'aurais dû me méfier, mais il me caressa les cheveux et m'embrassa dans le cou. Puis, maladroit, laconique, il se mit à parler de lui. Il venait d'une famille pauvre, son père était ouvrier en bâtiment et alcoolique, sa mère neurasthénique et irascible.

— C'était affreux. J'ai été beaucoup battu, mais j'ai pris les coups pour épargner maman.

Sa voix prit de l'ampleur lorsqu'il poursuivit :

— J'étais doué, j'ai passé mon bac et j'ai continué à l'institut technique. Maintenant je suis ingénieur à ASEA.

Il était fier et j'étais émue. On se serait cru dans un grand roman naturaliste.

— As-tu des frères et sœurs ?
— Non, fils unique.
— Comme moi, fille unique.

L'été venu, il me demanda en mariage de façon solennelle et un peu ridicule. Très émue malgré tout, j'acceptai sans hésiter. Un dimanche matin, nous partîmes pour le Värmland.

Nous fûmes accueillis avec du café.

Mon père fut poli, ma mère ébahie :

— Je n'aurais jamais cru que tu te trouverais un homme aussi élégant.

Je ne me préoccupai pas d'elle, mais Sten se pavana.

Pendant tout ce temps, je voulais être seule avec Katrin dans la cuisine ; j'avais peur car elle avait l'air hargneuse. Et comme d'habitude, elle fut directe :

— Tu es en train de faire une grosse bêtise.

Je me mis en colère, ridiculement en colère, et dis des choses impardonnables.

Avec le recul, je me rends compte que l'attitude de Katrin et ma réaction mirent fin au dialogue qui m'avait nourrie pendant toute ma croissance. Ce fut l'une de mes grandes pertes.

Nous n'avions pas vraiment cessé de nous parler. Nous nous téléphonions, plutôt pour discuter de la pluie et du beau temps et de mon travail à l'école. Elle ne me posait jamais des questions sur mon nouveau foyer et j'étais trop fière pour en parler. Ou peut-être trop loyale.

J'avais épousé un homme vrai, fort et totalement imprégné de la violence de ses sentiments. Sa tendresse était infinie tout comme sa cruauté involontaire, son rire était aussi grand et surprenant que sa colère.

Au début, j'étais tellement ensorcelée que je me résignais à être maltraitée. Je tentais de trouver du charme à ses brusques sautes d'humeur. Petit à petit, je devins néanmoins craintive, terriblement craintive. Je ne pris plus de risques, je ne m'opposai à rien, je me retrouvai dans un état de soumission servile.

Je tins bon sur un seul point. Je gardai mon travail. Sten détestait cela, sa dignité était offensée. Mon père me parla des devoirs d'une épouse, ma mère hurla que j'étais un scandale pour la famille et que je serais une mauvaise mère. L'énorme rire de Katrin interrompit la querelle.

— Elle est complètement folle, cette bonne femme, s'exclama mon mari, qui se mordit les lèvres lorsqu'il vit le dégoût sur le visage de mon père.

Sten était extrêmement sensible à la critique et, sur le chemin du retour, j'eus droit à ses remarques sur le mépris et les railleries dont ma famille faisait preuve à son égard.

— Comme la classe supérieure s'est toujours comportée envers la classe inférieure.

C'est pendant ce voyage que je découvris le sentiment qui allait me plonger en enfer : j'avais pitié de lui. Et je devais apprendre à le comprendre. Il était méchant pour les mêmes raisons que les filles du cordonnier.

On ne parle pratiquement jamais de la culpabilité et du sentiment d'infériorité que quelqu'un de la « classe supérieure » peut éprouver à l'égard de la « classe inférieure ».

Je ne savais rien du plaisir physique et je n'appris rien de mon couple dans lequel les rapports sexuels m'effrayaient et m'offensaient. Mon corps ne savait pas mentir et je blessais mon mari. Il était furieux. Je n'étais pas une vraie femme, je n'étais pas normale. Et je lui donnais raison, j'avais lu Freud. À ce moment-là, les bizarreries de ma mère me revinrent à l'esprit, ainsi que les idées noires sur la folie héréditaire.

Lentement, je devins étrangère à moi-même. Exactement comme ma mère.

Il me dit que j'étais laide, et je le crus. Mon corps était de bois. Qui peut avoir envie de faire l'amour à une planche ?

Il commença à me battre.

Je me souviens qu'il criait :

— Putain, comme je comprends mon vieux.

Alors, il se mettait à pleurer et ça marchait à tous les coups : pauvre, pauvre garçon. Mais je ne pouvais pas le consoler, j'avais perdu mes mots.

Puis vint le soir où ses coups me firent perdre connaissance. Saoul, il braillait comme un fou. Les voisins arrivèrent en courant, Kalle assomma Sten, et Karin appela l'ambulance. Je ne me rendis compte de rien, j'avais disparu dans une douce obscurité charitable et je me réveillai, très étonnée, dans un lit d'hôpital.

Le médecin voulait que je porte plainte. C'était impossible pour moi.

Le lendemain, Karin vint me voir. Elle aussi essaya de me convaincre de prévenir la police.

— Porte plainte, puis divorce, dit-elle. Tu sais très bien que les hommes qui ont commencé à battre le font et le refont. Il faut que tu quittes cet homme avant qu'il ne soit trop tard.

Je n'arrivais pas à lui répondre. Je ne faisais que secouer la tête. Je voulais lui dire qu'il était déjà trop tard, que j'étais enceinte. Mais les mots me manquaient.

Je me tus lorsque je quittai l'hôpital et le médecin eut l'air triste. Sten vint me chercher, penaud et désemparé. Le médecin lui parla seul à seul, mais je n'ai jamais su de quoi ils avaient parlé.

De retour à la maison s'ensuivit une scène pénible : il rampa devant moi, il pleura, me suppliant de lui pardonner. Il jura que cela ne se reproduirait jamais plus. Il ne cessa de le répéter. Je ne le crus pas.

Le calme revint, l'atmosphère s'apaisa. Nous n'avions rien à nous dire, un silence pesant emplit la maison. Karin venait de temps à autre. « Je ne fais que passer », disait-elle. Sten regardait la télévision, nous nous installions dans la cuisine avec notre café et nos bavardages féminins. Cela m'aida à sortir lentement de mon mutisme.

Un soir, j'osai avouer ma grossesse à Karin. Elle me félicita d'une voix triste, avant d'ajouter quelque chose qui est resté dans ma mémoire, magnifique et merveilleux :

— Rien dans la vie n'est plus beau que d'avoir un petit enfant dans le ventre. Tu crois que c'est une fille ? Il faut que tu lui parles. Chante, joue-lui toutes les chansons enfantines.

Cela a beau sembler une évidence, ce fut une révélation pour moi. Mon imagination, mes pensées et mon affection renaissaient.

Katarina, c'est difficile à exprimer, mais alors que tu n'étais qu'un fœtus, tu m'as permis de me retrouver moi-même.

Quelques jours plus tard, Karin m'emmena chez son gynécologue, un grand gaillard qui débordait de bonne humeur. À ma stupéfaction, je lui parlai de mon couple, des mauvais traitements et des avertissements du médecin de l'hôpital.

Il m'écouta et lorsque je me tus, il posa une question :

— Êtes-vous amoureuse de cet homme ?

Ma réponse fut aussi directe que sa question :

— Non.

— Il faudra que vous divorciez après la naissance. Vous avez une bonne formation, vous pourrez subvenir à vos besoins et à ceux de votre enfant.

Les idées se bousculaient dans ma tête. De nouvelles idées. Je n'étais pas liée pour la vie, j'étais libre, j'avais le choix, je pouvais... Mais si seulement je gardais la tête froide, si je ne me laissais pas devenir muette, si je ne coulais pas, si je ne devenais pas incapable de réagir.

Lorsque nous nous quittâmes, le médecin m'avertit qu'il voulait me voir avec mon mari le samedi suivant à 14 heures.

— C'est une bonne heure, il ne pourra pas prétexter qu'il a du travail.

De retour à la maison, j'allumai la cheminée et m'installai dans mon fauteuil d'osier devant le feu. Je chantai d'une petite voix des petites berceuses pour l'enfant et je pleurai des grosses larmes que je rassemblai dans ma main et appliquai sur mon ventre.

Étonnée, je réalisai que je n'avais jamais pleuré pendant tous ces mois de détresse.

Lorsque Sten rentra à la maison, je lui dis que j'avais quelque chose d'important à lui annoncer. Il prit peur :

— Tu vas me quitter ?

Je retombai dans mes habitudes. Je le réconfortai :

— Nous allons avoir un enfant. J'arrive de chez le médecin qui l'a confirmé.

Les réactions de Sten étant toujours imprévisibles, je ne savais pas à quoi m'attendre. Mais j'avais imaginé le pire et calculé comment je pouvais m'échapper par la cuisine pour me réfugier chez Karin.

Il fut exagérément content. Il me prit dans ses bras et me berça comme si c'était moi l'enfant. Il pleura même, ses yeux bruns débordèrent et je vis une nouvelle fois combien ils étaient beaux.

Puis je lui rapportai ce que le gynécologue m'avait appris :

— Maintenant les pères participent à la grossesse et à l'accouchement ; nous irons donc ensemble chez le Dr Robert Borg samedi à 14 heures.

Je mentis avec assurance et bonne conscience. Il fut fier et heureux.

— Nous devons fêter ça. Je file acheter du champagne.

— Mais Sten, je ne peux pas boire d'alcool maintenant ! m'exclamai-je en me tapotant le ventre.

— Un tout petit peu… ?

— D'accord.

Nous portâmes un toast à l'enfant et, là où commence le vin, finit la raison. En ces instants de bonheur, j'imaginai que tout serait comme je l'avais rêvé un jour.

Mais le samedi arriva et avec lui la fin des lendemains qui chantent, pour continuer avec les expressions toutes faites.

Il est bientôt minuit et je suis fatiguée.

Bonne nuit, ma petite Katarina.

Maman.

Lundi 4 décembre

Le cabinet du Dr Borg paraissait plus froid que la fois précédente. Il n'y avait pas de fleurs à la fenêtre. Je crus entrevoir une table roulante avec des instruments stérilisés dans le fond. C'était peut-être mon imagination.

En tout cas, j'étais sûre que le docteur semblait différent. Sa blouse blanche était encore plus blanche et aucune trace d'humour n'apparaissait sur son visage.

Il semblait même plus grand que mercredi.

— Asseyez-vous, je vous prie.

Il se tourna vers Sten :

— Lorsqu'un médecin a la responsabilité d'une future mère, il procède à une anamnèse approfondie. Les maladies infantiles de la patiente, les autres maladies ou les blessures qui peuvent influencer son état.

Je le regardai, étonnée. Il m'avait seulement demandé si j'avais eu la rubéole.

Il poursuivit :

— Votre femme a notamment mentionné qu'elle avait été récemment hospitalisée. Elle n'a pas su dire pourquoi, seulement qu'elle avait eu une série de symptômes diffus. J'ai contacté l'hôpital et parlé à son médecin. Selon son rapport, elle était inconsciente à son arrivée suite à de mauvais traitements. Son corps portait des traces d'anciens sévices.

La pièce devint si silencieuse que je pouvais entendre une mouche bourdonner à la fenêtre. Je n'osai pas regarder mon mari, en revanche, le Dr Borg se pencha en avant en le fixant :

— Vous faites partie de ces pitoyables lâches qui battent leurs femmes. Si cela se produit pendant la grossesse d'Elisabeth, je porterai plainte contre vous pour meurtre, car votre enfant ne survivra pas à de nouveaux sévices.

Puis il se tourna vers moi.

— Elisabeth, vous devez réfléchir très sérieusement. Vous pouvez avorter puisque nous pouvons prouver que le père vous violente. Vous pouvez aussi décider de divorcer tout de suite. La troisième alternative est de donner naissance à un enfant qui va grandir dans des conditions très difficiles.

J'étais tellement étourdie par ces mots que je ne remarquai pas que Sten sanglotait comme un enfant abandonné. Le médecin ricana :

— Vous ne m'impressionnez pas avec vos gémissements. J'ai vu bien trop d'hommes de votre genre, et en général, ils pleurent par apitoiement sur eux-mêmes.

Les sanglots cessèrent.

Le docteur se tourna vers moi et je perçus de la dérision dans son regard moqueur. Il poursuivit :

— Si Elisabeth décide malgré tout de continuer à vivre avec vous, vous devez avoir des chambres séparées. M. Jonsson ne doit pas toucher sa femme, ni au lit, ni évidemment avec ses poings. Et si vous tenez à votre futur enfant, conduisez-vous en gentleman. Elisabeth viendra à la consultation une fois par semaine. Vous devez vous reposer et faire de longues promenades. Mais le plus important, vous devez veiller à votre sérénité. L'inquiétude nuit à votre enfant.

Il me donna un nouveau rendez-vous et nous salua. Sur le pas de la porte, Sten jura qu'il y avait bien d'autres gynécologues. Pour la première fois, le docteur rit :

— Il y a toujours des centres de protection maternelle. Et ils ont les comptes rendus d'examen d'Elisabeth.

Je craignais que la colère de Sten ne s'abatte sur moi dès le seuil de la maison franchi. Ce ne fut pas le cas. À mon grand étonnement, il lança d'un ton admiratif :

— C'est un sacré bonhomme, ce docteur.

Le soir même, il quitta notre chambre à coucher. Il descendit son lit au rez-de-chaussée et s'installa dans la petite chambre d'amis avec ses cendriers, sa radio et ses journaux.

Le lendemain au petit déjeuner, nous n'échangeâmes pas un mot, pas même les remarques habituelles sur la météo ou les nouvelles à la radio. Mais il s'arrêta dans l'entrée et demanda brusquement :

— C'est quoi un gentleman ?

Je ne répondis pas.

À l'école, c'était jour de rédaction. Pendant que mes élèves peinaient sur le sujet, j'eus tout le temps de penser. Des idées dispersées se bousculaient dans ma tête sans former un ensemble cohérent. J'ai pourtant dû prendre une décision, car, une fois rentrée à la maison, je me dirigeai tout droit vers le téléphone et appelai Katrin. Enfin.

Je pleurai et trébuchai sur les mots pendant au moins une heure. Elle parla peu et mit fin à la conversation :

— Je viens demain pour une semaine.

Je la remerciai et lui murmurai la phrase habituelle : « Sois prudente sur la route. »

Heureuse, je n'avais pas peur, même si je savais qu'il y aurait une dispute. Sten haïssait Katrin, elle incarnait toutes ces épouvantables manies des classes supérieures, et il pensait qu'elle le méprisait totalement.

Il y avait peut-être un peu de cela.

Il disait aussi que je lui ressemblais, physiquement et dans ses manières. Et naturellement, il y avait de cela aussi. Le fait qu'il me détestât était tout à fait compréhensible.

Chère Katarina, je m'arrête pour ce soir. Je m'étonne d'avoir autant de souvenirs aussi précis.

Maman.

P.S. : Je remarque que j'ai oublié de dire une chose qui contribuait à la haine de Sten envers Katrin. Nous habitions dans sa maison. Elle l'avait achetée et me la louait pour une somme modique que je payais avec mon salaire – un arrangement très vexant pour un homme comme Sten Jonsson. En même temps il se vantait d'avoir une belle maison.

Mardi 5 décembre

En lisant ce que j'ai écrit hier, je suis prise de dégoût : je suis borgne et injuste lorsque je décris ton père. Il avait d'autres côtés. Je veux que tu penses à cela lorsque tu liras mes lettres.

Je n'avais pas osé annoncer la venue de Katrin à Sten. Lorsqu'il rentra du travail, elle était là dans le living.

Anéanti, il fondit littéralement sur place lorsqu'il tenta de croiser son regard perçant. Sans y parvenir, il détourna les yeux pour finalement cacher son visage dans ses mains.

Il avait honte, un sentiment que je le voyais éprouver pour la première fois. Aussitôt envahie par la pitié, j'eus envie de le consoler.

— Retire tes mains et arrête de faire le zouave, ordonna Katrin.

Il obéit, elle avait la même autorité que le médecin.

— Pourquoi frappes-tu Elisabeth ?

— Parce qu'elle a toujours raison, elle est toujours la meilleure. Cela provoque une telle haine en moi. Je la hais, je la hais, tu comprends ! Elle ment de tout son corps, elle fait semblant et a pitié de moi. Personne ne peut-il comprendre ce que l'on éprouve quand on est un homme qui suscite la pitié ?

— Si, proféra Katrin lentement et de façon réservée. En revanche, je ne comprends pas pourquoi tu penses que cela te donne le droit de la maltraiter.

— Non, je ne réfléchis pas, je deviens complètement fou et je ne sais pas ce que je fais.

Katrin le regarda longuement. D'une voix compatissante, elle ajouta :

— À notre époque, beaucoup d'hommes se marient avec des femmes qui leur sont supérieures, plus intelligentes, plus instruites, à l'esprit plus rapide. Bref, des femmes qui ont toujours raison. La plupart des hommes ne les battent pas, ne les haïssent pas pour autant. Il est difficile de haïr celui ou celle qui agit toujours pour le mieux.

Un lourd silence tomba dans la grande pièce.

Sten finit par le rompre en murmurant :

— Je ne la hais pas tout le temps, elle me manque beaucoup. Mais elle a si peur, elle fuit, elle est toujours en fuite.

— Voilà qui n'a rien d'étonnant.

J'étais littéralement muette de saisissement pendant la conversation, qui se termina à cet instant. Sten sortit de la maison, et quelques instants plus tard, nous entendîmes le vrombissement de la voiture. Il ne revint pas de la nuit. Après avoir mangé légèrement, Katrin et moi allâmes nous coucher tôt.

Le lendemain, elle m'accompagna chez le médecin. Physiquement tout allait bien.

— Ce qui m'inquiète, c'est votre résignation, ce que vous appelez votre impossibilité d'avoir une réaction. Qu'est-ce qui vous anéantit, Elisabeth ?

— Je crois que cela vient de ma mère. Elle est malade d'une façon bizarre. Elle n'a aucune volonté, aucun ego, aucun bon sens. Et je suis en train de devenir comme elle.

— Vous voulez dire que vous êtes en train de glisser dans une maladie mentale héréditaire ?

Je ne pouvais qu'acquiescer.

— Je ne suis pas psychiatre, mais j'ai vu pas mal de choses. Katrin, voulez-vous décrire la maladie de la mère d'Elisabeth ?

Katrin décrivit, objectivement et raisonnablement, la belle dame semblable à un roseau agité par le vent, soignée par une infirmière deux fois par semaine, et qui avait une femme de chambre payée par sa riche famille.

— Elle n'est pas dangereuse, elle est comme une ombre dans la maison.

— Ce n'est pas une ombre, c'est un fantôme qui se déplace dans toutes les pièces et dans tous les corridors, objectai-je. Partout, sauf dans la cuisine. Oh, Katrin, tu dois bien avoir compris combien j'avais peur d'elle.

Katrin secoua la tête.

— Je regrette infiniment de devoir reconnaître que je ne m'en suis pas rendu compte.

L'air triste, elle mit un certain temps avant de continuer :

— Je crois qu'elle fait partie de ces femmes qui ont terriblement souffert de leur éducation victorienne. Ses symptômes étaient habituels à l'époque de Freud, qui a fait de nombreuses découvertes sur les femmes hystériques de la haute bourgeoisie.

Katrin avait presque les larmes aux yeux lorsqu'elle ajouta :

— Je n'ai jamais compris que tu l'avais dotée de forces magiques. Nous nous moquions souvent d'elle et de ses méchancetés.

— Alors, elle était méchante ?

— Je ne sais pas si elle était méchante, en tout cas elle n'en était pas consciente. Elle est comme une enfant terrifiée et sans barrières.

— Qui a dit que sa maladie était héréditaire ? demanda le Dr Borg.

— Ce ne sont que des commérages, assura Katrin. Elisabeth a de nombreux cousins. Ils sont magnifiques, ils se rebellent violemment contre le modèle aristocratique. Ils sont en parfaite santé, d'après ce que j'ai compris.

Lorsqu'elles s'en allèrent, le Dr Borg suggéra à Elisabeth d'aller voir un psychiatre.

— Il faudra beaucoup parler et faire pas mal d'examens, dit-il d'un ton réconfortant.

Naturellement, le psychiatre me fit peur, surtout la première fois. C'était une femme d'âge mûr, si forte et si lasse. Elle me regarda avec des yeux intelligents de chouette, la tête légèrement penchée.

Je l'ai surnommée la Chouette. Elle sut me faire parler.

Ce dont je me souviens le mieux tant d'années après, ce sont toutes ses questions sur mon père, sur cet espace vide dont je t'ai déjà parlé.

Je pleurai souvent chez elle. J'acquis des bribes de connaissances. Je commençai à percevoir des choses. Je me comprenais un peu mieux.

Et en mai, tu es née. Tu étais la plus belle chose qui m'était jamais arrivée, tellement adorable que je n'avais pas de mots pour te décrire. Je m'abstiendrai de radoter sur le trésor que tu représentais pour moi, le sens que tu donnais à mon existence. Et comme tu étais un prodige, tu as accompli un miracle avec ton père. Sten devint un papa rempli de douceur, de patience et d'amour. Lorsque tu avais la colique, il te berçait pendant des heures la nuit en chantonnant.

Il avait une très belle voix.

Je m'arrête pour aujourd'hui.

Je t'embrasse très fort,

Maman.

Mercredi 6 décembre

Voici ma dernière lettre.

Nous passâmes tous les trois quelques années supportables. Nous coopérions autour de notre enfant et cela servait de base à notre quotidien. Il n'était plus question d'amour mais de robuste solidarité.

Tu te souviens, nous avons parlé une fois, toi et moi, du grand amour. De ce qu'il est, s'il existe vraiment. Ou si c'est seulement une projection.

Et je n'avais aucune opinion, aucune expérience.

Je sais que tu te bats avec tes sentiments pour Jack.

J'imagine que parfois le désir est plus fort que la raison. Non ?

Si l'on pense à l'amour avec lequel la culture populaire trompe les filles, cela se termine bien. Mais si l'on se tourne vers les grands mythes amoureux occidentaux, le thème est bien différent et tragiquement mortel. Pense à Roméo et Juliette, Tristan et Iseult…

Peut-être devrais-je m'estimer heureuse de ne pas l'avoir rencontré. Peut-être l'amour est-il sans espoir, une passion qui fait longtemps mal au corps et à l'âme lorsqu'elle atteint sa fin tragique. Ou bien est-ce une question de destin. Beaucoup le croient encore aujourd'hui : nous deux qui étions faits pour l'un l'autre.

Non.

Mes pensées errent, comme tu peux le constater.

Tu m'as dit un jour que tu avais l'impression d'avoir connu Jack toute ta vie. La première fois que vous vous êtes rencontrés. Qui reconnaissais-tu ? Qu'est-ce que… ? Je me demande.

Ton papa t'adorait, tu étais sa princesse. Il tenait à toi comme à la prunelle de ses yeux. Sa préférée. Il t'a appris à courir, à faire de la bicyclette, à nager, à escalader. Et il entraînait ton courage et ton audace.

— N'abandonne jamais. Tu peux si tu veux, disait-il.

Il connaissait toute une série d'histoires abracadabrantes. Il te les racontait et vous riiez à gorge déployée.

Tout aurait pu bien se passer, un mariage triste et gentillet. Si je n'étais pas tombée de nouveau enceinte. Le Dr Borg était parti avec la Croix-Rouge s'occuper des femmes excisées du Soudan. On avait sûrement besoin de lui là-bas. Mais je ressentis son départ comme une trahison.

Au centre de protection maternelle, ils découvrirent que j'avais un taux d'albumine très élevé. Ils me prescrivirent des médicaments que je ne supportai pas. Le gynécologue me suggéra d'avorter, je refusai. Katrin voulut nous emmener, toi et moi, dans le Värmland. Sten refusa. Je fus mise en congé de maladie. Sten exigea que j'arrête de travailler. J'obéis, démissionnai et coupai mon dernier lien avec mon amour-propre.

Ils finirent par maîtriser mon taux d'albumine, mais je devais me reposer constamment. Je plongeai de plus en plus profondément, inexorablement vers l'obscurité, l'incapacité d'agir.

Le docteur vint et son diagnostic tomba : dépression. Ce n'était qu'un mot. Ma maison flottait, sale et désordonnée. Katrin vint, fit le ménage et m'emmena dans le Värmland.

C'est alors que Sten commença à boire. Le soir, il s'asseyait devant la télévision avec sa vodka. Puis vint le temps où il ne rentra plus du tout à la maison. Je pensais qu'il avait une autre femme et j'aurais dû m'en réjouir, mais je n'éprouvais plus de sentiments.

Ta naissance avait été douleur et allégresse. Olof vint au monde après deux jours d'enfer. Pourtant, il réussit à me sortir de mon apathie. Il éveilla ma tendresse tapie dans l'obscurité.

Sten ne s'intéressa pas à ton frère. Ce fut presque avec joie qu'il m'amena avec le bébé dans le Värmland. Le printemps, les anémones, la feuillaison et toi, dans l'escalier du vieux presbytère, toi et tes quatre ans, encore plus merveilleuse que le printemps. Tu te jetas dans mes bras et dans ceux de ton papa. Jamais je n'ai cru que tu avais vu les larmes dans ses yeux.

Certes, je cicatrisai cet été-là. Je ne recouvris pas toutes mes forces mais pour la première fois depuis très longtemps je me mis à penser à l'avenir.

Je téléphonai au bureau de Sten, le seul endroit où j'étais sûre qu'il était sobre.

— Je veux divorcer.

— Jamais.

Plus tard le soir, il appela de la maison, la voix pâteuse :

— D'accord pour le divorce, mais je veux garder ma fille.

— Jamais.

Katrin s'adressa à l'avocat qui s'était occupé de l'argent qu'elle avait hérité de son mari. Les divorces n'étaient pas sa spécialité, dit-il ; mais nous devons aller devant le tribunal.

Il parla de litige sur le droit de garde. Je fus effrayée. À l'école, j'avais tellement vu d'enfants de divorcés aller mal lorsque les parents se déchiraient pour eux.

Pendant cet été pluvieux, nous passâmes de longs moments dans la cuisine du presbytère à jouer aux petits chevaux, à écrire et à raconter des histoires. Tu disais souvent que tu regrettais ton papa, à en mourir. Tu prétendais pleurer la nuit, mais ce n'était pas vrai, car nous dormions ensemble dans la vieille chambre d'amis et la seule personne qui se réveillait et pleurait, c'était le bébé.

Katrin pensait que tu étais tout simplement jalouse de ton frère. Avant que je n'arrive avec le bébé, tu ne disais jamais que ton père te manquait. En revanche, ta maman si. Et puis, maman est arrivée avec cet affreux bébé.

Elle avait probablement raison.

Mais lorsque revint l'automne, nous retournâmes tous les trois à Västerås. J'avais de nouveau capitulé.

Les jours de semaine se passaient bien, je savais qu'il avait une autre femme, dont j'avais pitié. Quelque temps après, il prit pour habitude de rentrer à la maison le vendredi soir pour me battre.

Tu connais le reste, tu étais présente et tu as bonne mémoire.

Maintenant, j'en ai tellement assez de moi-même. Je ne crois pas que cet exercice d'écriture m'ait appris quelque chose. Au contraire. Il me semble que c'est encore plus difficile de comprendre.

Je posterai toutes ces lettres demain. Il faudra que nous en parlions lorsque nous nous reverrons.

Maman.

19

Katarina vit les lettres dès qu'elle ouvrit la porte. Trois grosses enveloppes avec sur chacune d'elles une fortune en timbres.

Sa première pensée fut : je n'ose pas.

Puis, elle se dit qu'elle était fatiguée, engagée dans un nouveau grand projet de banlieue, avec des réunions incessantes, des disputes, des rires, des avis contraires, de nouvelles idées, des angles d'approche différents.

Le bureau se composait de quatre architectes, tous créatifs et suffisamment fous pour rendre le travail amusant. Katarina se tenait un peu à l'écart cette fois-ci, mais elle ne pensait pas que les autres l'avaient remarqué.

En dehors de sa famille, personne ne savait qu'elle était enceinte.

Elle se prépara un solide repas.

Puis elle décrocha le téléphone et se mit au lit. À minuit, elle avait lu toutes les lettres et ne se rendit même pas compte de l'heure lorsqu'elle téléphona à Gävle.

— Je dors, répondit Elisabeth d'une voix enrouée.

— J'arrive. Je pars en voiture.

— Il n'en est pas question. Ils ont annoncé du verglas sur toutes les routes nationales. Tu m'entends ?

— Je prendrai le train demain matin.

— J'ai une conférence à Malmö. Et tu dois vérifier la cuisine d'Erika à Uppsala.

— J'avais oublié, maman, dit Katarina d'une voix triste.

— Qu'est-ce que tu as de si important à me dire au milieu de la nuit ?

— Que tu es comme les poules, maman. Tu divagues complètement.

Katarina raccrocha et s'endormit à l'instant où elle éteignit la lampe de chevet.

20

Jack vivait parmi les clochards du Bronx, dans des rues sales et les escaliers crasseux de maisons délabrées. Il avait du succès, il pouvait toujours se procurer de l'argent. Ou presque toujours. Certains jours, il réussissait à se soûler jusqu'à basculer dans le néant.

Là, il n'y avait pas de banque.

La dixième nuit dans la rue, il y eut une bagarre. La police débarqua et embarqua Jack, à moitié assommé, dans le cirage. Il se réveilla dans une cellule faite pour dix. Ce soir-là ils étaient trente.

Il avait les lèvres fendues et saignait d'une dent qui s'était détachée de la mâchoire supérieure gauche. Sa main droite lui faisait abominablement mal, mais il pouvait voir. Et il fut effrayé parce qu'il vit et ce dont il se souvint.

Il vit la haute clôture, les lourdes barrières et le gardien qui allait et venait, la main sur le pistolet. Et puis les hommes qui dormaient à même le sol, et juste à côté de lui, la tête sur son bras, l'immense Irlandais qui l'avait assommé.

Jack était presque sobre. Il sentit la puanteur que dégageait l'endroit. Ses intestins étaient dérangés, il avait besoin d'aller aux toilettes. Mais il n'osait pas bouger de peur de réveiller l'Irlandais.

Il fit partie des premiers à être interrogés. Nom ? Adresse ? Jack réussit à se rappeler qu'il avait loué un appartement et son adresse.

— Numéro de téléphone ?

Il s'en souvenait aussi.

— Bon, vous avez été déclaré disparu.

— Par qui donc ?

— Par votre père. Ed O'Hara.

Jack fut surpris de son propre rire, strident comme un cri qui se heurte aux murs.

Le policier ne réagit pas.

— Vous pouvez partir. Vous recevrez bientôt une amende, dit-il sèchement.

Après avoir récupéré sa ceinture et son portefeuille, il réussit à convaincre un chauffeur de taxi soupçonneux de le conduire à l'adresse dont il s'était souvenu lors de l'interrogatoire.

Jamais auparavant il n'était resté aussi longtemps sous la douche ni n'avait utilisé autant de savon. Il enfila des vêtements propres, mit les sales dans un sac plastique qu'il jeta dans le vide-ordures. Il tremblait de tous ses membres. Il savait combien il aurait été facile d'y remédier, mais il se glissa dans son lit en disant tout fort : « Plus jamais. »

À son réveil, quelques heures plus tard, ces mots étaient restés comme gravés dans la chambre triste : Plus jamais.

Il savait ce qui l'attendait. D'abord l'angoisse de l'état de manque, puis l'envie. Ensuite la Mère, la Sœur, la Culpabilité. Et pire encore : Katarina.

Il avait faim, il descendit avec l'ascenseur et alla acheter des hamburgers et du pain. Du café ?

Oui, bien sûr. Il se prépara du café fort tout en mangeant un hamburger. Son estomac se contracta, mais se détendit avec le café. Puis il se recoucha et s'endormit aussitôt.

Lorsqu'il se réveilla enfin, une nouvelle journée avait commencé, une lumière grise filtrait à travers les rideaux usés et se faufilait jusqu'aux murs au papier peint déchiré dont elle dévoilait les motifs délavés.

À une époque, il y avait eu des roses.

Une nouvelle journée sans espoir avait commencé. Il voulait un whisky, juste un verre, juste une fois. Il se souvint alors de son réveil dans la cellule, de l'Irlandais, de la peur.

Tandis qu'il se rasait, sa dent cassée remua et lui fit mal. Mais le pire, c'était le visage que lui renvoya le miroir. Enflé, couvert d'ecchymoses, des yeux injectés de sang.

Il se refit du café. Pendant qu'il le buvait, on sonna à la porte, de longs coups insistants. La police, pensa-t-il. Une boule se forma dans sa gorge et il eut du mal à respirer.

Il put enfin avaler sa salive et respira profondément. C'était peut-être pour l'amende. Il se décida à ouvrir.

Ils se regardèrent longuement.

La première chose qui vint à l'esprit de Jack fut leur extraordinaire ressemblance. La même bouche, le même front large, les mêmes yeux froids et gris. Puis, Jack remarqua que son père pleurait.

Il se ressaisit et dit :

— Mais entre, bon Dieu. Engueule-moi. Tu ne peux plus me battre, je suis plus grand que toi.

Il n'y avait qu'une seule chaise dans la pièce. D'un revers de main, Jack la débarrassa des vêtements :

— Assieds-toi, putain, assieds-toi. Et arrête de pleurnicher.

— Je vais essayer.

Il lui fallut du temps, et le silence de la pièce se transforma en vide noir. Jack fit un effort :

— Je viens juste de faire du café, tu en veux ?

— Oui, merci.

Ils burent. Aucun d'eux n'osait parler, mais le vide se dissipa légèrement.

Mon Dieu, pensa Jack, angoissé car il ressentait de la tendresse dans ce silence.

Merde, et re-merde, je ne veux pas. Aussi loin que je me souvienne, j'ai détesté cet homme. Cette haine fait partie de moi et me rassure, se disait-il.

— Pourquoi es-tu venu ici ?

La réponse vint lentement, incertaine, avec une pause entre chaque mot :

— J'ai su... par ta sœur Evelyn que tu avais quitté... ta mère. Je l'ai fait... une fois. Je sais combien... c'est difficile.

— Tu l'as quittée après dix ans. À moi, il en a fallu trente.

Jack tenta de rire, mais le persiflage ne franchit pas sa bouche.

Soudain, il s'exclama d'une voix hargneuse :

— Tu as délaissé deux enfants. Tu les as abandonnés à un vampire. As-tu jamais pensé à cela ?

— Oui, chaque jour de ma vie.

Et tout à coup, il s'exprima avec cohérence et avec force.

C'est peut-être vrai, pensa Jack qui se souvint de l'avocat qui passait une fois par mois vérifier que la maison était bien tenue et qu'ils ne manquaient pas d'argent. Et du médecin qui venait souvent les voir et leur parler longuement à Evelyn et à lui. Il leur racontait des histoires dans le jardin.

« Les espions de votre père », disait leur mère. Et chaque fois qu'ils quittaient la maison, elle avait mal à la tête, et ses hurlements effrayaient les enfants.

Pour la première fois, Jack regarda son père droit dans les yeux, et il eut de plus en plus de difficulté à poser une question.

— Pourquoi me battais-tu, finit-il par oser demander.

— Parce que j'étais un idiot, je voulais briser son emprise sur toi. Jack, je n'ai aucune excuse. Mais je ne supportais pas de la voir te dévorer sous mes yeux.

Après un long silence, il poursuivit :

— Dans mon esprit fou, ce n'était pas toi que je frappais, mais elle. Je buvais, je n'étais sans doute jamais sobre.

— Tu la battais aussi.

— Sans doute.

Ils se dévisagèrent. Au bout de plusieurs minutes, Jack détourna son regard. Il renversa sa tasse de café sur le lit, trouva un coussin qu'il pressa contre son visage. Derrière le coussin, il se rappelait de son dernier soir à Stockholm, image par image, mot pour mot :

« Ma mère a un cancer. »

« Tu as téléphoné à son médecin ?»

« Non. »

« Tu as parlé à ta femme, elle doit savoir ? »

« Non, elle pense que ma mère me manipule. »

Il avait vu le doute dans les yeux de Katarina. Elle savait qu'il savait. Et le fait de s'en rendre compte avait éveillé la folie aveugle au fond de lui. Puis elle avait ajouté qu'elle attendait un enfant. C'est alors qu'il l'avait frappée.

Jack tremblait de tout son corps. Ed s'assit près de lui sur le lit et passa maladroitement son bras sur ses épaules.

Au bout d'un long moment, il se calma.

— J'ai une dent cassée. Tu connais un bon dentiste ?

Comme dans un rêve il entendit Ed parler au téléphone :

— Mon fils s'est bagarré. Peux-tu l'aider ? 16 h 30. Parfait. Merci.

21

Jack ne se souviendrait jamais comment il jeta ses vêtements dans un sac plein de cassettes, de photos et de notes. Ou comment Ed trouva un taxi. Il se rappela uniquement la conversation dans la voiture :

— Il faut que tu saches que je vis avec une femme qui refuse de se marier avec moi.

— Pourquoi donc ?

— Tu lui demanderas. Je crois qu'elle va te plaire.

Quelques heures plus tard, il se retrouva à Manhattan, dans le magnifique vestibule d'un appartement de dix pièces dont l'élégance l'impressionna. Une femme vint vers lui avec un sourire extraordinairement blanc sur un visage noir.

— Voici Janet, dit Ed sans cacher sa fierté.

Jamaïque, pensa Jack. Le rythme, la façon de marcher d'une danseuse. Mais la peau légèrement plus noire, un grand-père de la Sierra Leone ? Un beau nez courbé, une ascendance créole ? Il se perdit dans les yeux, ils étaient insondables comme l'océan Indien.

Elle lui serra la main, aimablement, sans manifester d'émotion.

— Vous me rappelez quelqu'un.

Il avait du mal à parler, avec sa douleur aux dents et le visage couvert de compresses.

— J'espère qu'il s'agit de quelqu'un de plaisant.

Au même instant, il sut. Janet lui rappelait Elisabeth Elg, la stupéfiante mère de Katarina. Intelligente, directe, le visage sillonné de rides d'expression.

— Oui, une personne à qui l'on peut faire confiance.

— Alors j'espère que vous me faites confiance lorsque je vous dis que vous allez coucher ici ce soir, et que vous allez manger la soupe que je vous ai préparée.

— C'est d'accord.

Elle disparut dans la cuisine et Jack se retourna, ébahi et, curieusement, furieux, vers son père.

— Seigneur Dieu, comment t'y es-tu pris pour rencontrer une femme pareille ?

— Je ne le comprends pas moi-même. Mais... c'est un peu comme tu viens de l'insinuer, comme si le Seigneur...

— Es-tu en train de devenir croyant ?

— Oui. Elle l'est... croyante.

Dans la grande cuisine spacieuse, Janet servit un savoureux potage à la viande avec du pain tout frais. Ils mangèrent en silence. Jack observa Janet et comprit qu'elle était consciente, mais pas du tout inquiète, de la colère entre lui et son père.

Une heure plus tard, il alla se coucher dans la chambre d'amis. Il dormit d'un sommeil lourd peuplé d'images de quelqu'un qui le surveillait de temps à autre pendant la nuit.

Le lendemain, la douleur s'était apaisée et le miroir lui renvoya un visage présentable, encore couvert de bleus, humain néanmoins. Il hocha la tête à son image, en pensant que peut-être...

Mais l'idée l'effraya et l'envie de whisky lui tirailla l'estomac.

Ils restèrent longtemps à la table du petit déjeuner. Si Ed était tendu, Janet ressemblait à un soleil printanier. Ensuite, ils emportèrent leurs tasses de café dans une grande salle de séjour aéré. Jack regarda autour de lui et demanda :

— Design scandinave ?

— Oui, répondit Janet. J'aime le naturel.

Exactement ce que Katarina aurait dit, pensa Jack qui sentit combien il était vulnérable. Janet vit la douleur mais ne recula pas :

— Vous venez de passer six mois en Suède. Comment était-ce ?

Il ne faut pas que je pleure. Jack tendit les muscles de son visage et répondit :

— C'était bien, intéressant.

Malgré la sécheresse de son ton, Ed ne comprit pas qu'ils se trouvaient en terrain miné.

— Je connais des gens qui prétendent que les Suédois souffrent de passion pour la justice. Tous doivent avoir une part de tout. Ils ont des syndicats avides de pouvoir et paient des impôts faramineux.

— C'est possible. En revanche, ils ont une eau pure, très peu de mendiants, des soins gratuits et pas de quartiers pauvres. Ils appellent cela le modèle suédois et ils en sont très fiers.

— J'appelle ça socialisme, dit Ed.

C'est juste une conversation, typiquement américaine. Aux États-Unis, on rencontre rarement des gens qui prennent la politique au sérieux, pensa Jack en redemandant du café. Ed poursuivit en disant que, selon une personne qu'il connaissait, les Scandinaves souffraient d'une neurasthénie luthérienne particulièrement terrible.

À sa grande surprise, Jack sentit qu'il se mettait en colère :

— Je vais te montrer quelques Suédois qui ont cette maladie dont tu parles.

Il se leva de sa chaise en riant, mais cela lui fit mal au visage.

— Avez-vous un projecteur, demanda-t-il à Janet ?

— Oui, en fait nous avons une petite salle de cinéma.

Lorsque Jack revint, ils s'étaient installés dans de confortables fauteuils dans une pièce sombre.

Janet déroula l'écran blanc et installa le projecteur. Jack parcourut ses boîtes à la recherche de photos sur Stockholm.

Il commença par la vue classique sur Strömmen avec le palais royal dans le fond. Puis il montra quelques photos de Gamla Stan et dit sèchement :

— Voici une culture qui a quelques années de plus que la nôtre.

— C'est pareil dans toutes les villes européennes, objecta Ed. Prague est plus belle.

— Bon. Alors je vais te montrer quelque chose que tu n'as jamais vu.

Sur la photo suivante il y avait des gens en maillots de bain et des enfants nus qui se baignaient dans de l'eau peu profonde en plein centre ville.

— L'eau est propre. Des milliers de canalisations d'eaux usées ont été raccordées à de grandes stations d'épuration. L'argent des contribuables.

Enfin, Ed ne trouva rien à redire.

— Voici quelques... amis très proches, qui souffrent de neurasthénie luthérienne profonde.

Elisabeth, gros plan de son visage.

— Voici la femme qui vous ressemble, Janet.

— Vous plaisantez, dit-elle en riant.

— Non.

Ses mains tremblaient lorsqu'il chercha la photo suivante.

Le visage de Katarina et son grand sourire apparurent sur l'écran.

— Dieu, qu'elle est belle ! s'exclama Ed.

— Il y beaucoup de belles filles, mais j'ai rarement vu quelqu'un qui ait une si forte... personnalité, renchérit Janet.

— Elle et moi avons fait de la voile dans l'archipel de la ville.

— Laissez la photo de cette fille, dit Janet.
— J'en ai d'autres.

Katarina était là, au bord de l'eau, nue, belle, parfaite. Ed inspira profondément, mais Jack dit en riant :
— Une représentante typique de la neurasthénie luthérienne. Pour les soins gratuits, les salaires égaux et l'égalité entre les femmes et les hommes. Sans parler des garderies pour tous les enfants et le droit naturel à l'avortement à la charge de l'État.
Ils se turent, jusqu'à ce que Janet s'exclame :
— Je veux voir d'autres photos d'elle.

D'autres photos défilèrent : Katarina près du mât les cheveux au vent ; Katarina abaissant le foc, tenant fermement le gouvernail ou riant dans un vent violent. Un éclat de rire tel qu'ils croyaient presque l'entendre.

Ed posa des questions sur sa famille et Jack raconta :
— Sa mère est professeur de littérature et son frère pasteur dans une ville qui s'appelle Uppsala. Elle est architecte, indépendante et autonome.
La voix de Jack était sur le point de se briser, mais Janet osa poser une question :
— Vous l'aimez ?
— Oui.
— Que s'est-il passé ?
— Je l'ai presque battue à mort.

Il jeta les photos sur la table et s'enfuit. Ils entendirent la porte d'entrée se refermer avec fracas.

22

Le samedi matin, au réveil, Katarina eut honte d'avoir téléphoné à sa mère en pleine nuit et de lui avoir tenu ces propos sur les poules qui divaguent.

Il fallait l'appeler pour lui demander pardon.

Personne ne répondit à Gävle. Elisabeth était déjà dans l'avion pour Malmö.

Katarina prit son petit déjeuner sans appétit. Avant de se préparer pour aller chez Olof et Erika et s'occuper de leur cuisine, elle relut les lettres une nouvelle fois. À la lumière du jour, elles faisaient encore plus mal.

La vieille maison d'Uppsala était pleine de vie. L'immense plombier était là. Avec sa progéniture. Il avait emmené ses trois garçons, des petits hommes costauds qui avaient hérité du grand rire de leur père.

Les petits garçons vifs d'Erika étaient muets d'admiration. Il n'y avait aucune agressivité dans l'air, les cinq enfants s'amusaient dans les couloirs et les pièces de la grande maison. Lorsque, agacé, le plombier demanda le calme et le silence, ils se tapirent derrière le grand canapé du living, muets comme des carpes. Pour un court instant seulement, car l'irrésistible chasse dans les escaliers et les couloirs reprit vite ses droits.

Lorsqu'ils déboulèrent dans la cuisine, le géant tendit les mains devant lui en s'écriant :

— N'y a-t-il donc personne dans cette maison pour envoyer ces sauvages au sous-sol ?

— Venez, allons jouer avec le circuit de voitures, proposa Olof en disparaissant avec les enfants.

Le calme revint dans la cuisine.

Le parqueteur avait terminé son travail, il avait disposé un discret revêtement plastique sur les anciennes lattes de pin. Malgré les larmes d'Erika, Katarina avait tenu bon : « Il faut que ce soit facile à entretenir. »

— Il y a un problème.

Pour une fois, le plombier avait l'air sérieux quand il commença à parler de la ventilation. Personne n'avait pensé au fait que la nouvelle cuisinière avait besoin d'un ventilateur.

— C'est ma faute, s'excusa Katarina. Je vous ai donné des dessins assez bâclés.

— Venant d'un architecte, ils étaient étonnamment clairs. Bon, laissons tomber cette histoire de ventilation. On peut faire passer les odeurs de graisse par l'ancienne salle de bains, mais ça sentira la soupe de petits pois et le poisson.

— Ce n'est pas grave, cela réveillera peut-être même l'appétit, dit Erika en riant.

— J'espère que vous plaisantez, répondit le plombier.

— Mais la salle de bains est ventilée, s'exclama Katarina en grimpant les escaliers quatre à quatre.

La salle de bains était mansardée avec un toit extérieur. Évidemment, pensa-t-elle. Elle savait que la maison avait subi de nombreux agrandissements. Soulagée, elle redescendit en courant et entraîna le plombier dehors dans la neige.

— Vous voyez ce toit incliné ?

— Punaise !

Ils convinrent qu'ils avaient une chance insolente.

L'après-midi, Erika offrit des saucisses avec du pain, de la bière et du lait. Puis le plombier s'en alla avec ses trois garçons, et tout redevint calme dans la cuisine.

Sam et Jon s'installèrent devant la télévision, tandis que les adultes nettoyaient le plus gros.

Katarina était enthousiaste :

— Nous ferons venir une entreprise de nettoyage et un laveur de carreaux spécialisé dans les petites surfaces. Erika, tu te rends compte comme ce sera super avec le coin-repas devant la fenêtre et un plan de travail qui fonctionne. Et le lave-vaisselle ! Jamais plus de vaisselle sale qui nous regarde d'un air réprobateur !

— Et de nouveaux rideaux blancs, ajouta Erika, d'un ton rêveur.

D'une voix hésitante, Olof posa enfin la question qui le tourmentait depuis longtemps :

— Katarina, comment as-tu les moyens de faire tout ça ?

— Ce n'est pas très bien vu, alors j'ai quelques scrupules à l'avouer.

Les enfants étaient de retour dans la cuisine, et Jon demanda d'une voix tremblante d'excitation :

— As-tu volé une banque ?

— Nigaud, lui répondit Katarina tout en se tournant vers Olof. Maman nous a donné cent mille couronnes à chacun sur l'héritage de Katrin. Je suppose que tu as mis cet argent à la banque ?

— Oui, pour plus de sûreté, au cas où.

— Bien. Comme je n'ai pas d'enfant… pas encore, dit-elle en posant une main sur son ventre, j'ai été un peu plus audacieuse. J'ai spéculé en Bourse avec l'aide d'un collègue de bureau passionné par les hauts et les bas des cours. En quelques années, mon argent a plus que doublé.

Erika riait tellement qu'elle dut s'asseoir sur un tabouret ; Olof passa de l'étonnement à l'enthousiasme.

— Quelle sœur extraordinaire j'ai !

Sam et Jon, n'ayant pas compris de quoi il s'agissait, se jetèrent sur Olof :

— Qu'est-ce qu'elle a fait, papa, qu'est-ce qu'elle a fait ?

Katarina et Erika quittèrent la pièce en laissant à Olof le soin d'expliquer. Elles riaient encore lorsqu'elles s'installèrent dans le living :

— Ce qui est arrivé de mieux avec la transformation de la maison, c'est malgré tout le plombier et ses garçons, constata Erika. Tu te souviens la première fois qu'il est venu, il a soulevé les enfants jusqu'au plafond en disant que les Chinois étaient les gens les plus intelligents du monde. Au bout de quelque temps, il a compris que mes enfants étaient assez isolés et il a commencé à emmener ses enfants avec lui. Pour la première fois, les enfants ont eu des camarades de jeu dans la maison. Tu sais combien nous avons essayé avec différents centres aérés et partout mes garçons ont été... c'est difficile à dire... rejetés.

— Persécutés, oui je sais, répondit Katarina.

— Sa femme, qui s'appelle Ulla, est presque aussi imposante que lui, elle est maîtresse d'école et rêve d'une petite garderie où les enfants de tous horizons pourraient se retrouver ensemble. Lars n'est pas très riche, mais il a promis d'investir un peu d'argent.

Katarina dut réfléchir un moment avant de se rappeler que le plombier s'appelait Lars.

Un peu gênée, Erika poursuivit :

— Et nous continuons nos fantasmes. Olof est prêt à utiliser ses économies. Nous rêvons d'aménager le sous-sol, les pièces à l'arrière de la maison, qui ont des fenêtres immenses.

— Cela paraît presque trop beau pour être vrai.

— Cela représente beaucoup de paperasserie. Ulla est diplômée et, en tant que pasteur, Olof jouit d'un certain prestige. Bon, je vais faire du café.

Erika revint avec deux bols de café et quelques biscuits.

— J'ai ressenti toute la journée qu'il t'était arrivé quelque chose.

— Oui, maman m'a écrit beaucoup de lettres, vingt pages sûrement. Elle parle de son enfance et de son mariage. Erika, c'est tellement... saisissant. Je les ai lues et relues, et je crois que je commence enfin à comprendre.

Elles furent interrompues par les garçons qui criaient en même temps :

— Qu'est-ce que vous avez à vous raconter des secrets ?

Olof alla préparer le sermon du lendemain qui, curieusement, parlait du chameau et du trou de l'aiguille. En revenant, il annonça :

— Katarina, tu as reçu un e-mail. De Malmö. Il est en anglais. Je ne l'ai pas lu.

Le ton de sa voix était inquiet, mais Katarina le rassura :

— Ce doit être de maman, elle a une conférence là-bas. C'est un poème de T. S. Eliot. Écoute :

Where is the Life we have lost in Living ?
Where is the Wisdom we have lost in Knowledge ?
Where is the Knowledge we have lost in Information ?

— Comprends-tu ce qu'elle veut dire ?

— Oui, surtout les deux dernières lignes.

Assise, le visage fermé, elle fit observer :

— Je n'ai jamais eu de sagesse à perdre.

Olof rit, Erika secoua la tête et les garçons s'exclamèrent :

— Qu'est-ce que tu as perdu ?

— Le pire, c'est que je n'en sais rien. Maintenant, allons au restaurant nous offrir un bon repas, ajouta-t-elle en souriant.

Et ils partirent.

Katarina et Erika durent attendre jusque tard dans la soirée pour se retrouver un peu seules.

— Y avait-il beaucoup de choses que tu ignorais dans les lettres ?

— Oui, presque tout était nouveau pour moi. Par exemple, ce nourrisson non désiré qui fut négligé presque à mort avant que Katrin ne vînt. Cela explique pourquoi maman était incapable d'agir, lorsque nous étions enfants et qu'elle était maltraitée.

— Ne t'a-t-elle jamais raconté… ?

— Non. Tu le savais ?

— Un peu. Les grandes lignes seulement. C'était une fois où je parlais de ma mère. Comme elle est morte à ma naissance, je fus confiée à ma grand-mère.

— Je comprends, dit Katarina, mais Erika vit qu'elle était blessée.

— Le pire, c'est que maman ne comprend pas. Elle ne voit pas de lien.

Erika devint muette d'étonnement. Elle chercha ses mots :

— Katarina, tu as tort. Elisabeth a suivi une thérapie pendant deux ans à Göteborg, où elle a démêlé toute son enfance bizarre.

En colère, Katarina protesta d'un ton très décidé :

— Si elle t'a dit cela, elle a menti. Je sais. Toutes les deux, nous étions tout le temps ensemble. Cela a été la meilleure période de ma vie.

Erika tenta de mettre son bras sur elle, mais Katarina la repoussa.

— Elisabeth ne ment jamais. Tu le sais très bien. Et puis, tu allais à l'école aussi.

Elles restèrent silencieuses, Katarina frissonna, Erika alla chercher un plaid.

— Je sais que la psychologie peut nous donner des modèles. Nous pouvons comprendre l'enchaînement des événements et voir des archétypes, dit Erika en mettant la couverture sur Katarina. Et cela aide, c'est sûr.

Elle se tut un instant, passa son bras autour des épaules de Katarina :

— Pourtant, on n'arrive jamais à comprendre la plupart des choses. La vie est tellement paradoxale, ce qui nous arrive et comment nous l'acceptons, le chagrin et la mort, la joie et l'amour. Aucune connaissance au monde ne peut te guérir de la solitude et te libérer de la grande peur.

— C'est pour me dire cela qu'elle m'a envoyé le poème de T. S. Eliot, murmura Katarina.

Elles se souhaitèrent bonne nuit. Dans l'escalier, Katarina se tourna vers sa belle-sœur :

— Un jour, j'ai demandé à maman de me parler de ton passé, comment tu étais devenue si insupportablement intelligente et... intuitive. Elle m'a répondu que c'était à toi de me le raconter.

Erika parut pensive :

— Je devrais peut-être faire comme elle et écrire une lettre. Tu comprends, c'est une longue histoire.

— Ah non, je n'ai pas envie de recevoir d'autres lettres. J'interprète mal. Je veux voir dans les yeux, poser des questions quand je ne comprends pas. Tu peux bien te libérer un jour.

— Il faut que ce soit après Noël.

— Noël, oui. Jamais il ne sera tombé à une date aussi peu pratique. Il faut que nous ayons le temps de déménager, maman et moi.

23

Le soleil réveilla Katarina, la lumière étincelante correspondait bien à son état d'esprit. Elle était contente et pleine d'espoir. Elle s'était mise en congé et dans quelques heures elle irait chercher sa mère à l'aéroport d'Arlanda pour aller directement à la maison.

Je sais qu'elle va aimer, pensa-t-elle en posant ses mains sur son ventre et en chantonnant une berceuse pour la petite vie qui était en elle.

Olof frappa à la porte en disant qu'il faisait moins vingt-deux degrés.

— Mets tous les pulls que tu as. Nous prendrons le petit déjeuner devant le feu de la cheminée.

— J'arrive.

Il faisait froid même à l'intérieur et Erika distribua des chandails islandais. Katarina s'inquiéta à propos de la voiture mais Olof l'assura qu'il parviendrait à la mettre en route et à réchauffer le moteur.

Elle mangea trois tartines de fromage, but un café brûlant et expliqua aux garçons qu'il n'y aurait pas d'histoires aujourd'hui.

La tête penchée, ils la supplièrent.

— Pas question. Vous ne voulez quand même pas qu'Amo reste plantée à l'aéroport en se gelant.

À l'entrée de l'autoroute E4 la voiture était déjà chaude. Elle est gentille, ma petite japonaise, se dit-elle en regarda le doux paysage, d'un blanc éblouissant avec de longues ombres bleues.

Comme elle avait le temps, elle but une nouvelle tasse de café. Ce n'était pas bien pour le bébé, mais, en passant ses mains sur son ventre, elle se promit que bientôt, très bientôt, elle arrêterait d'en boire.

L'avion de Malmö fut annoncé, et Elisabeth sortit presque la dernière. Elles échangèrent des sourires :

— As-tu reçu mon poème ?

— Oui.

— Il est bien ?

— Oui.

Arrivées à l'escalier roulant, Katarina dit :

— Pardon de t'avoir traitée de poule qui divague.

— Tu étais bouleversée.

— Maman, pourquoi n'ai-je jamais su que tu avais suivi une thérapie à Göteborg ?

Tandis qu'elles attendaient les bagages, Elisabeth répondit :

— Comment dit-on à une enfant de sept ans que sa maman a besoin d'aller voir tous les jours un docteur pour les fous ? À une enfant qui est fragile, qui a déjà vécu... et vu bien trop de choses ?

Elles gardèrent le silence dans l'ascenseur qui menait au parking. Une fois assises dans la voiture, Elisabeth poursuivit :

— Bien sûr, j'aurais pu t'en parler après. Mais, je... me suis tue et le silence a construit un mur entre toi et moi. Ce n'est que cet été que j'ai compris que tu comblais ce vide par des rêveries sur ce qui était arrivé et bien sûr par de mauvais souvenirs.

Elle continua :

— Te souviens-tu de ce matin où nous nous lavions dans la buanderie ? C'était là, alors que nous nous regardions dans le vieux miroir, que je vis enfin dans tes yeux toutes les questions que tu te posais : « Maman, comment as-tu pu, pourquoi t'es-tu résignée ? » À ce moment précis, je me suis décidée à écrire les lettres.

Elle se tut pendant qu'elles mettaient leurs ceintures de sécurité. Puis elle poursuivit tandis que Katarina reculait :

— J'étais idiote, mais je voulais me racheter. Il te fallait une maman gaie et protectrice.

— C'est ce que tu as été, affirma Katarina en se mouchant. (En franchissant la barrière, elle ajouta :) Et j'ai décidé que toi et moi allions passer une très bonne journée.

Elisabeth rit :

— Je n'aurais pas pu dire mieux.

— La poule et l'œuf, tu sais.

— C'est fou ce que tu t'intéresses à la volaille dernièrement.

Katarina rit tellement qu'elle eut du mal à tenir sa droite. Elles quittèrent l'autoroute, passèrent une église millénaire et un lac.

— C'est joli par ici.

— Attends un peu.

Les yeux de Katarina brillaient comme la neige au soleil.

— Attends un peu.

— Tu n'as pas dit grand-chose sur la maison et les environs.

— Il faut bien que je te réserve la surprise.

Et quelle surprise !

— Katarina, ce n'est pas un pavillon, c'est une villa.

— On les appelle maisons mitoyennes. Elles sont accolées par les garages.

Katarina prit ses clés et ouvrit la maison. Il faisait chaud dans le vestibule et cela sentait la peinture. Des murs blancs fraîchement peints, à gauche une cuisine très bien équipée et à droite un vaste living avec cheminée ouverte. De grandes fenêtres donnaient sur le paysage.

— Maintenant, ma petite maman, tu vas voir le plus beau.

Katarina s'étrangla de joie lorsqu'elle entraîna sa mère à l'étage. Celui-ci était mansardé sur toute la longueur du living. Elisabeth s'y engagea directement, observa les prés et le petit bois légèrement en pente vers un lac.

— C'est un lac ?

— Oh oui. Il est encore gelé, mais plus pour longtemps, ma petite maman. Les Hansson m'ont raconté qu'au printemps ils avaient l'habitude de monter ici pour écouter le dégel.

L'agencement était simple, comme au rez-de-chaussée. Chambre à droite, cuisine à gauche. Si la cuisine était repeinte, la petite salle de bains était défraîchie.

— Tu sais, des adolescents ont habité ici. Nous y remédierons lorsque nous saurons... si nous nous plaisons ici...

— Je m'y plais déjà.

Elisabeth était prête à pleurer de joie. Elle rassembla ses esprits et demanda :

— Mais où as-tu ta chambre ?

— À côté de la cuisine, grande et belle. Viens voir.

Toutes ces émotions avaient fatigué Elisabeth. Il n'y avait pas un seul tabouret dans toute la maison. Aussi s'assirent-elles côte à côte sur l'évier et Katarina décrivit les environs. Beaucoup d'enfants dans les maisons des alentours. Une crèche à mi-chemin dans la descente. Au village, il y avait un centre de soins, un autre de protection maternelle, une école, une bibliothèque, etc. Et bien sûr toutes sortes de magasins.

— On ne peut rêver mieux. Il y a des trains qui vont en ville, ajouta-t-elle, mais nous aurons besoin de nos voitures.

Soudain, quelqu'un sonna à la porte et elles se regardèrent, presque effrayées :

— Ce doit être un voisin qui veut nous souhaiter la bienvenue.

C'était le cas. À la porte se tenait un homme, grand, une véritable armoire à glace, barbu, couvert de peinture à l'huile sur le visage, qu'on aurait dit coupé au carré dans du bois par un joyeux amateur. Il sentait la transpiration et la térébenthine.

— Je m'appelle Karlsson. Je voulais simplement vous saluer. J'ai pensé aussi que vous pourriez avoir envie d'un café ou de quelques chaises.

— Vous avez peut-être même un fauteuil ? dit Elisabeth.

— C'est très aimable à vous, ajouta Katarina.

— Dans ce cas, je vais préparer le café.

Elles enfilèrent bottes et manteaux. Katarina marmonna, les sourcils froncés :

— Maman, je connais cet homme.

— D'où ? Qui est-ce ?

— Aucune idée.

À l'instant où elles franchirent le seuil de la maison de Karlsson, elle sut. Tout l'arrière-plan rougeoyait de couleurs brillantes dans un jardin sauvage, presque tropical.

— Je pensais que ça avait besoin d'un peu de chaleur ici, dit Karlsson.

— Ah, ah, c'est ce que vous pensez, Viktor Emmanuel Karlsson. Maman, écoute-moi, cet homme qui fait de son mieux pour paraître brutal et niais est l'un des plus grands peintres suédois.

— Je m'incline, dit Elisabeth. Un tel prodige sait-il faire du café ?

— Je suis extrêmement doué. Suivez-moi dans la cuisine.

— Moi, je ne prends pas de café. Je suis enceinte, et l'enfant n'aime pas le café.

— Oh, c'est magnifique ! s'exclama-t-il en l'étreignant.

Katarina rompit le silence.

— Puis-je faire un tour pendant que vous buvez votre café ?

— Faites comme chez vous. Ici ce n'est pas très meublé. J'habite à l'étage.

Elle hocha la tête, elle avait compris que le living servait d'atelier. Il y avait tellement de choses à voir qu'elle dut se calmer. Choisis, pensa-t-elle, une seule peinture à la fois. L'instant d'après, elle découvrit le grand triptyque sur le mur latéral.

24

Elle trouva une chaise et s'assit devant la peinture. De loin, elle entendait l'artiste et Elisabeth dans la cuisine faire du bruit avec les tasses à café, plaisanter, rire. Il lui apporta un verre de lait et une pomme. Cet homme grand et costaud fit irruption dans ses sensations, elle ne voulait pas le voir, elle voulait le mettre à la porte, pourtant elle lui demanda :

— Racontez-moi.

— Depuis longtemps j'aime ce genre de triptyque, les anciennes peintures de la Renaissance. C'est un motif habituel : l'annonciation et la lumière du temps de l'attente… l'aspiration bleue. Et le recueillement devant le miracle. Et la peur bien sûr.

» Au milieu, j'ai peint la vie, la grande vie, joyeuse, triste, et sur le dernier volet, la vieillesse, la mort et le retour au grand mystère.

Il se tut, gêné, se gratta le visage, mais Katarina insista :

— Poursuivez, je vous en prie.

— Les anciens étaient des gens concrets ; peut-être leur représentation du monde était-elle naïve et concrète. Qu'est-ce que j'en sais, dit-il en se grattant de nouveau la tête. Ils avaient une vision plus ample, mais ils peignaient comme pour des enfants. Et c'était sûrement une bonne chose… à l'époque. On représentait littéralement les mythes, comme certains prêtres le font encore aujourd'hui. C'est ainsi qu'ils perdent de leur force. Vous me suivez ?

— Oui.
— Je me suis mis en tête de rendre la magie au mythe. Lui ôter son habit historique...

Katarina aperçut Elisabeth debout avec sa tasse de café juste derrière le peintre.
— Ton avis, maman ?
— Je suis très émue.
— Je voudrais rester encore un moment, dit Katarina.
Les deux autres virent qu'elle était profondément touchée. Ils la quittèrent et elle se laissa aller dans la première peinture. Elle savait que c'était précisément là qu'elle se trouvait maintenant. Un spectre infini des tons bleus de tous les cieux, une crainte d'un blanc lunaire dans de petits personnages doux, et au sommet de la peinture une lumière aurorale dorée. La lumière de l'attente, pensa-t-elle.
Elle mangea sa pomme et se dirigea vers la cuisine.
— J'espère que je pourrai revenir vous voir.
— Mais Katarina, comme tu es pâle. Il faut rentrer et dormir.
— Oui, maman. Tu conduis.

Avant de s'endormir ce soir-là, étonnée, Katarina déclara que la lumière du centre de la vie était turquoise avec des bébés orange.

25

Elles se réveillèrent tôt le lendemain matin.

— Tu sais, on devrait ressentir un peu de gravité le dernier jour dans son ancien foyer, remarqua Katarina.

— C'est ce que tu éprouves ?

— Non, maman. Seulement de l'attente.

Elles commencèrent à emballer la vaisselle et les livres. Quelques heures plus tard, Olof et Erika vinrent leur prêter main-forte. Les enfants étaient chez Ulla, la femme du plombier. Les Hansson arrivèrent, ils avaient logé quelques jours chez un de leurs fils. Leurs meubles étaient déjà dans le camion de déménagement.

— Demain à 10 heures, une entreprise de nettoyage viendra. Ce sera impeccable lorsque vous aménagerez, annonça Katarina.

— Ce sera vraiment bien, dit Kerstin Hansson.

Katarina hocha de la tête, mais elle sentit un petit pincement en imaginant à quoi l'appartement allait ressembler. De beaux vieux meubles, de lourds rideaux, d'épais tapis et d'élégants canapés d'angle en cuir.

Naturellement, ce fut le chaos total lorsque le camion de déménagement arriva devant la maison près du lac, mais pour quelques heures seulement. Katarina, qui savait exactement l'emplacement de chaque meuble, put ainsi se consacrer à l'installation à toutes les fenêtres des rideaux blancs nouvellement confectionnés.

Un technicien mit la ligne téléphonique en service. Ensuite, ce fut au tour de l'électricien de raccorder les ordinateurs, la télévision et la hi-fi, de tirer des fils de rallonge et de brancher quelques lampes.

— Vous avez des trucs superbes, dit-il en parlant de l'appareillage électrique.

Enfin, une femme au visage pointu et à l'air un peu triste débarqua :

— Je m'appelle Kristiansson et je vous apporte le « panier de bienvenue[1] ». J'habite la maison d'à côté.

— Comme c'est gentil à vous, dit Elisabeth.

— Je vais préparer le café, ajouta Katarina, tandis qu'Elisabeth sortait les sandwichs tout préparés du réfrigérateur.

— Ces dames sont drôlement bien organisées, dit Viktor Emmanuel Karlsson, qui apporta la boisson.

— Moi pas en tout cas, répliqua Elisabeth. En revanche, ma fille a de remarquables talents de planification.

La maison était presque aménagée lorsqu'ils déjeunèrent. Mme Kristiansson fut félicitée pour son riz au lait et elle rougit violemment. Avant de partir, elle leur raconta qu'elle avait beaucoup de plantes vertes. Il leur suffisait de venir chercher des pousses.

Le lendemain, elles se rendirent à la gare centrale de Stockholm. Il était temps de partir pour Gävle.

Le bon vieux lit d'Elisabeth provoqua une dispute.

— On ne va pas le prendre. Il a plus de vingt ans, dit Katarina.

— Mon lit est très bien.

— Les ressorts sont usés, il est défoncé et sale. Tu n'as jamais entendu parler d'acariens ?

— Il n'y a rien à faire, je prendrai mon lit.

— Non, parce qu'aujourd'hui, la copie conforme t'attend à la maison. C'est mon cadeau, maman.

---

1. Nourriture que l'on offre à quelqu'un qui aménage dans un nouveau logement, le même jour que l'installation. *(N.d.T.)*

— Où as-tu la tête ? N'as-tu pas une meilleure façon de dépenser ton argent ?

— Absolument pas, puisque ma mère a mal au dos ; c'est le meilleur usage que je puisse en faire.

Le jeudi matin, elles quittèrent Gävle. Elisabeth s'installa dans le camion de déménagement et dormit pendant presque tout le trajet. Katarina conduisit la voiture de sa mère jusqu'à Stockholm et pensa qu'il faudrait en acheter une neuve. Mais l'argent commençait à l'inquiéter.

Ainsi, elles s'installèrent. En quelques semaines seulement, chaque objet avait trouvé sa place.

— Tout est en ordre. Toute ma vie, j'ai rêvé de cela, remarqua Elisabeth.

Elles étaient ravies d'elles-mêmes lorsqu'elles fermèrent leur maison pour aller passer Noël à Uppsala.

26

Dans le grand appartement de Manhattan, il régnait un silence presque insupportable depuis que Jack avait claqué la porte. On aurait dit que le temps s'était arrêté.

Ed et Janet ne trouvaient pas les mots pour rompre le silence, ils avaient perdu la parole et les pensées s'étaient envolées. C'était un vendredi, ils allaient s'en souvenir comme de l'un des plus longs jours de leur vie.

La grande aiguille de la pendule mit soixante minutes pour se déplacer d'un quart d'heure.

Le téléphone sonnait, le répondeur se mettait en marche, des messages inintéressants étaient enregistrés.

Finalement, les grands yeux de Janet cherchèrent ceux d'Ed et elle murmura :

— Ce n'est pas possible.

— Si. Je lui ai demandé hier s'il comptait retourner à l'université en Suède. Il m'a dit que la police suédoise le recherchait.

— Ainsi, c'était vrai ce qu'il a dit sur la fille.

— Je suppose.

— Mais Ed, c'est incroyable. On ne peut pas comprendre un tel acte. Ni le pardonner.

— Je le sais... par expérience personnelle. À ton bureau, tu reçois beaucoup de femmes maltraitées, tu le sais aussi...

Il gémit.

Ils retombèrent dans le silence.

Ils prirent un dîner léger et burent une bière chacun dans la cuisine. L'estomac rempli, Janet se mit à réfléchir.

Bon, agissons en professionnelle, se dit-elle tout en donnant un somnifère à Ed qu'elle envoya au lit. Puis, elle prit son téléphone et trouva rapidement le numéro du pasteur Olof Elg à Uppsala en Suède.

— Vous ne pouvez pas appeler maintenant, répondit l'opératrice. C'est le milieu de la nuit en Suède.

Je m'en fous, pensa Janet en composant le numéro. Elle laissa sonner longtemps avant qu'une voix ensommeillée ne répondît dans une langue incompréhensible.

— *Do you speak English ?*

— *Yes*.

Elle expliqua qu'elle était avocate. Elle avait été en... contact avec un homme qui pensait être recherché pour meurtre ou tentative de meurtre sur une Suédoise.

— Il est très près de se suicider, dit-elle à sa grande honte.

— *My God*, répondit la voix suédoise avec un impeccable accent.

— Oui. Pour l'amour de Dieu. Vous êtes pasteur, je suis chrétienne.

— Faites savoir à Jack O'Hara que Katarina est complètement rétablie et se réjouit de l'enfant à naître.

— L'enfant ?

Tout se mit à tourner dans la tête de Janet, des images incompréhensibles glissèrent. Mais la voix au-dessus de l'Atlantique revint :

— Comment puis-je joindre Jack ?

— En ce moment, il a disparu mais j'espère que... qu'il... Il se trouve probablement à la police... qui contactera son père. Puis-je vous rappeler ?

— Oui, dès que ça vous sera possible.

Janet se précipita dans la chambre d'Ed, qui dormait. Ne pas le réveiller, pas encore. Elle s'occupa à des tâches féminines, fit la vaisselle, tria les photos de Jack, rangea. Cela ne l'aida pas beaucoup, son cœur battait la chamade, sa bouche se desséchait. À la fin, elle se dirigea vers son placard secret et se servit un grand verre de whisky qu'elle but d'un seul coup.

Le téléphone sonna. Une voix grave de femme se fit entendre :

— Je m'appelle Erika Elg et je suis la femme d'Olof. Comme il n'arrivait pas à dormir, il est allé à l'église, mais je lui ai promis de vous appeler. Avez-vous des nouvelles de Jack ?

— Non. (La voix de Janet se brisa. À sa honte, elle ne parvenait pas à la maîtriser.) Je vous appelle dès que je sais quelque chose. Merci, Erika.

Le téléphone avait réveillé Ed.

— Que se passe-t-il ?

— J'ai appelé son frère. Au milieu de la nuit. Attends une seconde, j'ai enregistré la conversation.

Elle passa la bande et haussa le volume lorsque la voix à l'accent très anglais dit :

— Faites savoir à Jack O'Hara que Katarina est complètement rétablie et se réjouit de l'enfant à naître...

Ed inspira profondément, Janet prit place à côté de lui.

— J'appelle la police. Jack doit être mis au courant, dit-il.

— Non Ed, faisons-lui confiance.

Ils étaient assis l'un près de l'autre sur le canapé lorsqu'ils entendirent le bruit d'une clé dans la porte d'entrée. Il était là.

— Mais vous êtes dans l'obscurité !

Il alluma les lampes.

— Je me suis mal comporté, je sais. Mais j'y suis arrivé, papa. J'ai parcouru les rues de cette fichue ville et j'ai compté les bars. Sais-tu combien il y a de bars où l'on peut s'enivrer ? Il y en a des centaines, c'est dingue. Je ne suis entré dans aucun. Je n'ai pas bu une seule goutte.

Rejetant la tête en arrière, il eut un rire. Triomphant, sans joie.

— J'ai faim. Janet, reste-t-il un peu de votre excellente soupe ?

— Oui, répondit-elle en riant. Mais ce n'est pas le moment. Nous avons à parler de choses beaucoup plus importantes.

Elle lui raconta brièvement comment elle avait obtenu le numéro de téléphone du pasteur Elg d'Uppsala.

— Cela m'était égal que ce soit en pleine nuit.

Elle mit la bande en route.

— Écoutez bien.

Jack blêmit tant que Janet prit peur.

— Écoutez-moi bien, dit-elle de sa voix la plus sévère. Vous n'allez pas vous amuser à vous évanouir, parce que le pasteur attend votre coup de téléphone.

Les mains de Jack tremblaient tellement qu'il dut se faire aider pour composer le long numéro de téléphone. Janet et Ed quittèrent la pièce. Il resta seul avec l'arrogante voix anglaise qui l'avait rembarré depuis l'appartement de Stockholm.

Mais cette fois-ci, la voix lui demanda pardon pour tout ce qui avait été dit.

— Vous comprenez, cette nuit-là, j'étais tellement désespéré et en colère pendant l'opération. J'ai été hors de moi pendant plusieurs jours et j'ai sorti des choses impardonnables lorsque vous avez téléphoné.

— C'était vrai, je le méritais.

— Ce que vous méritez est une chose entre Dieu et vous. Aucun être humain n'a le droit de porter un jugement comme je l'ai fait.

Un long silence s'établit.

Finalement Jack expliqua qu'il avait du mal à parler et à comprendre.

— Écoutez, Katarina va bien. Et ce que j'ai dit au sujet de la police ne s'est jamais produit. Katarina a refusé de porter plainte.

— Elle a refusé ?

— Oui.
— Comment dois-je interpréter cela ?
— Vous devez m'écouter maintenant. Je ne peux parler à la place de ma sœur et discuter avec vous. Elle estime que c'est de sa responsabilité.
— C'est le cas.
— Mais Elisabeth n'est pas de son avis. Elle affirme qu'aucune mère n'a le droit d'empêcher un enfant de rencontrer son père.
Encore un long silence avant qu'Olof ne poursuive :
— Je ne peux rien vous promettre au sujet de Katarina. Je ne connais pas ses sentiments à votre égard. J'ai malgré tout l'intention de proposer de vous inviter au baptême de l'enfant. En échange, promettez-moi de vous prendre en charge. D'accord ?
— D'accord.

Cette nuit-là, Jack dormit, perdu dans l'obscurité bienveillante. Il se réveilla tôt dans une aube grise. Il vit la pluie envelopper l'énorme ville et pensa qu'il avait dû rêver.
En vacillant, il traversa le couloir jusqu'à la chambre de Janet. Elle dormait. Elle est aussi belle quand elle dort, pensa-t-il avant de murmurer :
— Janet, il faut que vous me disiez. Est-ce que tout cela s'est passé réellement ?
— Idiot. J'ai enregistré toute la conversation. Vous n'avez qu'à écouter. Mais ne venez pas me réveiller encore une fois sans m'apporter une grande tasse de café.

Erika raconte

27

— J'étais une bâtarde. Ma mère mourut à l'accouchement. Personne ne l'a dit ouvertement, mais je crois que ce fut un soulagement.

C'était le lendemain de Noël, et comme elles se l'étaient promis Erika et Katarina avaient eu leur petit tête-à-tête. Elisabeth, Olof et les enfants étaient bien à l'abri au cinéma.

Katarina était en train d'allumer le feu dans la cheminée. Elle prit la remarque tellement mal qu'elle laissa tomber la longue allumette :

— Personne ne peut se réjouir de la mort d'une jeune maman !

— Non, je suis peut-être trop dure. Mais il y avait la honte. J'étais là, je hurlais tellement fort qu'il paraît que tout le village m'entendait.

— Erika, tu es née au début des années 70. À cette époque il n'y avait plus de bâtards.

— Oh si, ils font partie des ragots que l'on colporte dans les cuisines. Crois-moi. Mais n'aie pas l'air si effrayée, cela me convenait bien. Je fus recueillie par ma grand-mère, la sorcière qui habitait dans la montagne, celle qui savait arrêter les hémorragies et dont tout le monde avait peur. Comment diable puis-je la décrire ? Elle s'appelait Laila.

Erika se tut comme si elle avait besoin de réfléchir.

— D'après les gens du village, c'était un nom lapon. Et elle avait sûrement du sang lapon dans les veines. Un Lapon venait nous voir plusieurs fois par an, avec son beau costume et son air solennel. J'appris un jour que c'était mon père.

» Mais comment puis-je décrire ma grand-mère ?

» Elle était aussi dure que la montagne même, à la différence du granit toutefois, elle ne portait jamais d'habits de fête. Jamais aucune fleur ne poussait là où elle passait, son potager était bien ordonné en revanche.

» La première chose qu'elle m'apprit fut de ne pas trop écouter les mots lorsque les gens parlaient. À la place, je devais lire leur visage.

» Il y avait beaucoup de gens dans sa maison. Ils venaient avec leur mal aux jambes, leurs ganglions et leurs saignements. Elle les guérissait, croyait-on. Elle disait que la confiance excessive qu'ils avaient en elle les guérissait.

» Lorsqu'ils s'en étaient allés, elle m'apprenait à me rappeler à quoi ressemblait leur visage lorsqu'ils parlaient ou se lamentaient, et comment les mimiques correspondaient aux mots.

» Elle estimait que ces exercices étaient importants pour moi. Je souriais trop et trop souvent, d'après elle. Elle paraissait très en colère lorsqu'elle disait qu'elle comprenait pourquoi. La première fois que tante Elin me conduisit chez elle, elle se fit réprimander.

» — Si j'avais eu un veau aussi maigre que cette pauvre enfant, la honte serait sortie de mes yeux, dit Laila, les dents serrées.

» — Tu verras comme c'est facile de faire manger cette gamine. C'est une enfant gâtée, écuma tante Elin.

» Et je souris, la tête penchée.

» — Va-t'en, dit grand-mère à ma tante.

» Puis elle me donna des œufs battus avec de la crème. Chaque jour, nous passions beaucoup de temps à discuter de ce que nous allions manger au petit déjeuner et au dîner. Le fait d'en parler me mettait l'eau à la bouche. Elle m'écoutait raconter ce que j'aimais.

Puis elle m'apprit ce dont le corps avait besoin pour devenir grand et fort.

» — Pas de hareng salé, assura-t-elle et je soupirai de soulagement.

» Le hareng salé me faisait vomir.

» — Bien sûr, nous devons manger du poisson. Mais il doit être si frais qu'il doit dégager de la vapeur.

» C'est ainsi que j'appris à pêcher. C'était drôle. Lorsque le poisson mordait, je riais aux éclats et grand-mère disait que c'était à cela que devait ressembler un sourire.

» Elle était somnambule et je le devins. Il arrivait que nous nous rencontrions au clair de lune dans le jardin mal entretenu, mais nous ne nous parlions jamais. Je ne pensais pas que c'était bizarre. Nous vivions dans nos rêves respectifs.

» Nous avions des poules et j'appris à compter en cherchant les œufs et en vérifiant que toutes les volailles caquetantes étaient bien dans le poulailler avant de les enfermer pour la nuit. Grand-mère disait que le renard venait après minuit.

» Elle m'apprit à lire. Elle me disait que c'était une nécessité car sa vue commençait à faiblir. Habituellement, elle était assez avare de gentillesse, mais il arrivait que sa tendresse s'exprimât par une ou deux caresses. Parfois elle disait des choses incompréhensibles du genre : « Enfin, ma fille. »

» Nous nous aimions sans doute. Mais jamais nous n'aurions utilisé ce mot-là.

» Elle était croyante. Pas au sens habituel du terme, pas de prières, pas de psaumes ou de visites à l'église. Pas plus que de bavardages superficiels, comme les gens qui disent qu'il fait divinement beau lorsque le soleil brille.

» S'il pleuvait comme il se devait le matin en avril, si la neige dégageait de la vapeur à l'heure du déjeuner et si le soleil resplendissait vers le soir, elle affirmait :

» — Dieu a l'œil sur nous aujourd'hui.

» Et elle le pensait vraiment.

» Et puis, il y avait cette histoire de temps. Je pouvais être assise dans la montagne par un jour calme et sans nuages lorsque je me mettais à sentir des picotements dans les bras. Je courais vers grand-mère en criant que le mauvais temps allait arriver bientôt.

» — Il me semblait bien, répondait-elle et nous nous mettions à rassembler les poules, rentrer la vache, placer la bâche sur la camionnette. Nous arrivions toujours à être prêtes à temps, juste avant que la pluie d'orage ne retentît au-dessus de nous.

» Une autre chose bizarre m'arriva. Je savais à quel moment le téléphone allait sonner. Grand-mère se moquait et disait que j'avais sûrement cinq minutes d'avance sur elle. Mais elle devinait qui appelait et de quoi il s'agissait. Parfois, elle avait l'air grave et annonçait que quelque chose de sérieux s'était produit dans la forêt.

» En automne et en hiver, les versants de la montagne fourmillaient d'ouvriers forestiers. Quelquefois, l'un d'entre eux manquait son coup et se coupait le pied au lieu de tronçonner l'arbre.

» Je savais exactement ce que je devais faire, bouillir de l'eau, préparer des serviettes propres en coton, le tendeur… Tout devait être prêt lorsque le malheureux était emmené dans la cour.

» Parfois les choses se passaient très mal, le sang jaillissait en ondes de choc rouges hors de la blessure ouverte. Elle réussissait toutefois à l'arrêter en quelques minutes, pansait la plaie et l'homme était transporté dans la camionnette, enveloppé dans plusieurs couvertures épaisses. Sa tête reposait sur mes genoux et je tentais de le calmer tandis que nous descendions de la montagne, suivions le fleuve pour le conduire aux soins intensifs où on le rafistolait en lui faisant des points.

» Laila connaissait le médecin. Chaque fois, en sortant de la salle d'opération il demandait :

» — Bon sang, Laila, peux-tu m'expliquer comment tu fais ?

» — Je t'ai déjà expliqué que je ne sais pas comment je m'y prends.

» À la fin de l'été lorsqu'il s'agit de commencer l'école, grand-mère devint préoccupée. À Storgården, on pensait évidemment que je « devais rentrer à la maison ». Autrement, cela ferait mauvais effet. Lorsque grand-mère refusa, ils tentèrent d'obtenir l'aide du comité de protection des mineurs. Je passai une demi-journée à répondre à des questions et à remplir des formulaires, ce qui les surprit car les enfants de sept ans ne savaient généralement ni lire ni écrire.

» Aucun problème d'intellect ni d'éducation. J'étais bien élevée et aimable. Finalement, le docteur vint, me palpa le dos, et dit en me pinçant qu'il avait rarement vu une enfant en aussi bonne santé.

» Pourtant ils me firent une prise de sang. Je trouvai que c'était dégoûtant et j'aurais voulu que grand-mère fût là... pour le cas où le sang jaillirait.

» Ils ne trouvèrent rien à redire.

» En revanche, la dame qui dirigeait le comité de protection n'était pas satisfaite. Ils devaient prendre en compte la solitude et l'isolement de l'enfant. Elle devait suivre le règlement.

» Et comme grand-mère avait la vieille camionnette, l'atelier du village se chargea de la révision. Ils changèrent l'huile et une ou deux pièces usées. Elle m'emmena chaque matin jusqu'à la porte de l'école et vint me rechercher chaque après-midi. Tante Elin disait qu'elle était folle, qu'on ne pouvait pas s'épuiser à subir tous les caprices d'une enfant gâtée. Grand-mère rétorquait qu'il y avait des choses qu'Elin ne pourrait jamais comprendre.

» Je ne fus jamais tourmentée. Le pouvoir de grand-mère était grand dans les villages. D'un autre côté, je n'avais pas d'amis et je n'avais pas le droit de jouer avec les autres. Au bout d'un certain temps, ils me firent clairement comprendre qu'ils ne m'aimaient pas. Sans doute parce que j'étais douée. Et si je l'étais, c'était parce que je ne comprenais pas la triche. Je savais répondre à toutes les questions, je connaissais toutes les tables arithmétiques sans avoir à compter. C'était facile, il me suffisait d'aller dans mon monde et celui de ma grand-mère.

» Ce que je ne savais pas, c'était que Laila avait un rêve. Elle mourut le jour où je passai le bac. Elle avait rédigé un testament selon lequel j'héritai de sa maison, de ses terres et de ses économies. Elle avait laissé une lettre dans laquelle elle disait que je devais être un pont entre ses connaissances et la science.

» Je devais devenir médecin.

» Maintenant tu sais comment je suis devenue ce que je suis. Moi-même, je suis fatiguée et un peu triste.

28

Le soir, dans la voiture, alors qu'elles rentraient à la maison, Elisabeth dit :

— Tu as l'air préoccupée ?

Katarina donna un coup si violent sur le volant que la voiture fit une embardée.

— Bon sang, Erika a intérêt à obéir à Laila.

— Et comment va-t-elle s'y prendre ?

— En faisant médecine.

— Le chemin est long, avec deux jeunes enfants et un homme exigeant.

— Maman, Olof n'est pas exigeant, il est seulement gâté. Et je vais lui en faire passer l'envie.

Elle éclata de rire. L'espace d'un instant, il lui sembla que Laila lui faisait un clin d'œil de l'une des étoiles dans le ciel noir d'hiver.

L'énergique Katarina est de retour, pensa Elisabeth qui, curieusement, en fut très heureuse.

La nouvelle maison les attendait. Elles passèrent gaiement d'une pièce à l'autre. Dans la boîte aux lettres, un énorme paquet attendait Elisabeth. Elle l'ouvrit et parut un peu embarrassée.

— Des livres de jardinage. Je les ai commandés. Et je me suis inscrite à un cours d'horticulture de base.

— C'est super, maman ! s'exclama Katarina en se rappelant le nombre de fois qu'Elisabeth avait mentionné le jardin lorsqu'elles parlaient de la maison.

— Maman, sais-tu ce qu'on va faire demain ? On va aller voir notre voisine, celle qui s'y connaît en fleurs. D'abord j'irai en ville acheter une plante magnifique, puis nous irons lui souhaiter la bonne année.

Elisabeth parut hésiter. Elle pensa combien il pouvait être difficile de se débarrasser d'un enthousiaste voisin aux idées bien arrêtées sur la façon de concevoir un jardin. D'un autre côté…

— C'est une personne réservée et on dirait qu'elle a suivi des cours pour apprendre à rire. Mais derrière la façade se cache peut-être un cœur chaleureux, dit Katarina.

— Alors, faisons ce que tu proposes.

Une heure plus tard, elles dormaient chacune dans leur appartement. Ou plus exactement, Elisabeth terminait son roman policier et Katarina palpait son ventre à l'endroit où l'enfant donnait des coups. Elle avait changé le nom de la vie qui vivait en elle. Elle ne parlait plus de fœtus mais d'enfant. Elle avait même donné un nom physique à cette inconnue. Elle s'appellerait Laila.

Au début, la visite chez la voisine, qui s'appelait Ingrid, se déroula comme elles avaient prévu. Elle fut très contente lorsqu'elles sonnèrent à la porte et que Katarina hurla :

— Laissez-moi vite entrer sinon je vais abîmer cette merveille.

C'était vraiment une merveille, une azalée avec une tige de près d'un mètre de haut et une profusion de bourgeons à la corolle.

— Mais quelle idée, il a dû vous coûter…

Ingrid en bégayait.

Sa maison et son intérieur lui ressemblent, pensa Katarina. Rudes et honnêtes. Peu de décorations, pas de souvenirs ou de chandeliers inutiles mais une verdure luxueuse sur les larges rebords des fenêtres.

Au milieu du living se dressait une grande table à manger ancienne couverte de catalogues et de brochures. Sur le chêne sombre de la table, mille fleurs rayonnaient, des buissons, des plantes annuelles, des plantes vivaces.

Elisabeth, qui d'habitude était très à cheval sur la politesse, s'écroula presque sur une chaise et se plongea dans les brochures :

— Mon Dieu, c'est extraordinaire. Oh là là !

— C'est l'art de la séduction, dit Ingrid.

— Voyons, c'est ce que je cherche, répondit Elisabeth.

Ingrid eut un sourire peu enthousiaste en remarquant que cette époque de l'année était propice aux rêves.

Katarina et Elisabeth échangèrent un regard étonné. Puis elles regardèrent par la fenêtre. La tempête de neige fouettait les arbres fruitiers.

Il faisait moins vingt-deux.

— J'ai lu des articles sur vous dans le journal, dit Ingrid en regardant Elisabeth. Je ne savais pas que vous étiez si douée, docteur et tout ça.

— Foutez-vous-en pour l'instant.

Katarina sourit devant la grossièreté de l'expression.

— Maman a le don de la parole. Parlons-en de l'art de la séduction, elle donne des conférences et écrit des articles vertigineux au cours desquels elle arrive à transformer des opinions contraires en théories suggestives.

Elisabeth hocha la tête :

— Vous savez comment c'est, Ingrid. La vérité sort de la bouche des enfants et des fous.

Puis, sans vraiment comprendre pourquoi elle se mit à penser à Jack O'Hara.

— Docteur, pourquoi vous intéressez-vous tant au jardinage ?

La question était dépourvue de méchanceté, et Elisabeth sentit qu'elle devait donner une réponse franche. Son explication fut plus personnelle qu'elle n'avait imaginé.

— Nous avons à peu près le même âge, alors je suppose que vous vous souvenez comment c'était. On rêvait d'avoir sa propre petite maison que l'on meublerait et arrangerait avec soin. Elle serait parfaite, propre, coquette, on serait fier et heureux de la montrer. Pour faire voir qu'on avait réussi. Vous vous souvenez ?

— Oui. Mais la plupart d'entre nous ont échoué : les gamins et les jouets, les miettes, les couches sales... Et la fatigue, aussi.

— Exactement, la fatigue.

Elisabeth fit une longue pause avant de poursuivre :

— Le Prince me frappa, il me dépouilla de mes rêves ; je ne devins plus rien et tout autour de moi ne fut plus que déchéance.

Elle tarda avant de continuer :

— Lorsque, parfois, je sortais de mon apathie, je m'efforçais de jardiner, je bricolais, je remuais la terre et je semais sans jamais réussir à faire pousser une graine. C'était comme si le jardin était devenu le symbole de mon échec.

Un long silence s'ensuivit. Katarina était étonnée.

Elisabeth termina par ces mots :

— Aussi, lorsque ma fille m'a proposé d'acheter la maison avec elle, l'idée de ce merveilleux jardin réapparut. Et puis le bébé, il faudra qu'elle puisse jouer parmi les fleurs.

Pour la première fois au cours de la conversation, Ingrid devint enthousiaste :

— Quelle bonne idée ! Rien ne vaut une graine qui pousse et une fleur qui s'épanouit. À part les enfants, bien sûr.

Et la puissance de sa voix disparut.

Elisabeth posa alors la funeste question :

— Avez-vous des enfants ?

— J'avais. Ils sont morts dans un accident d'avion dans les Alpes. Des jumeaux, ils avaient dix-neuf ans.

Le silence devint assourdissant, impénétrable. Ingrid reprit :

— Puis, mon mari est mort, il ne supportait pas de vivre après... Il s'est tiré une balle.

Katarina chercha un soutien dans les yeux de sa mère. Mais Elisabeth ne la regardait pas, elle serrait les poings tellement fort que les jointures devinrent toutes blanches. Puis elle étira les doigts, elle refit plusieurs fois le geste que Katarina connaissait si bien, serrer, étirer. Comme elle faisait le vendredi soir quand elles attendaient son père. Katarina vit ses propres mains trembler. Sur le ton habituel de la conversation, Ingrid ajouta :

— Il faut que j'aille faire du café.

— Non, non ce n'est pas la peine. Avez-vous du sirop ?

— Oui, un très bon, un sirop de groseilles blanches avec de la menthe.

Elle disparut dans la cuisine. Lorsqu'elle revint avec le plateau de sirop, le silence dans la pièce était insupportable. Ses invitées n'osaient pas se regarder, Katarina était incroyablement pâle et Elisabeth pleurait. Ingrid parut honteuse.

— Vous pensez peut-être que je suis rustre de vous jeter cela à la figure. Mais j'ai pensé qu'il valait mieux que vous l'appreniez de moi que par les commérages.

Elles hochèrent la tête.

— Tout le monde le sait et je suis fatiguée de toute cette compassion. En réalité, elle n'existe pas. Personne ne peut partager la souffrance de son prochain. Lorsque des gens rencontrent la catastrophe dans la vie d'une personne, ils prennent peur et ils ont une envie violente de fuir. Ce n'est pas une critique. Car personne ne peut s'imaginer la situation... exactement, personne ne peut.

Elle se tut, mais se reprit :

— Cela crée un abîme entre les autres et moi.

Elisabeth tenta de s'asseoir sur le canapé près d'Ingrid et de prendre sa main dans la sienne. Mais Ingrid, les yeux secs, était raide, desséchée, clouée sur place.

Comment elles se séparèrent et quittèrent la maison, jamais, jamais elles n'allaient s'en souvenir. Elles se rappelaient néanmoins que le vent avait transformé leurs larmes en glace avant qu'elles n'arrivent à leur maison.

29

Une semaine plus tard, le téléphone sonna. C'était Viktor Emmanuel qui voulait rappeler à Katarina sa promesse de servir de modèle.

— Aujourd'hui.

— Comment ça aujourd'hui ? Il fait nuit noire.

— Peut-être ne vous est-il jamais venu à l'idée qu'à cette époque de l'année votre patrie est presque tout le temps noire comme un four ? Il n'est que 8 heures et les pauvres enfants sont déjà assis sur les bancs d'école.

Katarina gloussa et marmonna.

— Qu'est-ce que vous bougonnez ?

— Je dis que j'arrive. Donnez-moi une demi-heure.

C'est ainsi que commença le combat pour la ligne.

Katarina fut installée sur un lit d'appoint avec une montagne de coussins dans le dos. Elle se vêtit d'une espèce de robe grise et se protégea un peu de la lumière forte sur le mur blanc derrière elle.

Viktor Emmanuel chercha la ligne sur un immense bloc à esquisses, échoua, jura, s'arracha les cheveux, tourna la page et hurla d'angoisse. Il se mit bientôt à genoux au milieu des esquisses maculées et, un moment, Katarina crut qu'il pleurait. Mais elle se tranquillisa lorsqu'il commença à jurer de nouveau.

Les heures passaient, Katarina était fatiguée malgré la position confortable.

— Il faut que je me lève et me dégourdisse les jambes.

— Pourquoi ?

— Parce que j'ai une crampe dans la jambe gauche.
— Cela va passer. Donnez-moi encore une chance.

Elisabeth les délivra en apportant des sandwichs.
— Comment ça va ?
— Très mal, tout ce que je fais est nul.
Elisabeth avait pour principe fondamental qu'il faut écouter pour comprendre. Même les fous. Et donc, elle demanda :
— Que cherchez-vous ?
— La ligne, hurla-t-il presque.
Il donna des coups de pied dans toutes ses esquisses ratées, prit la main d'Elisabeth pour lui faire suivre le contour du corps de Katarina.
— Sentez-vous la ligne ? Essayez de la voir, elle va du centre brûlant de la terre jusqu'à Dieu au plus haut du ciel.
Il s'arrache les cheveux, comme les Juifs dans l'Ancien Testament, pensa Elisabeth tandis qu'il poussait des gémissements.
— C'est cela que je n'arrive pas à reproduire. Comprenez-vous ?
Elle, que les sentiments forts et les grands mots effrayaient toujours, secoua la tête.
— Non, je suis désolée, Viktor, je ne comprends pas…
Il se tut. L'espace d'un instant seulement.
— Si même vous, qui êtes mère, n'arrivez pas à la voir, vous pouvez bien comprendre combien il est important que je la saisisse et la montre au monde.
Katarina s'était levée pour étirer ses jambes. Son ombre se projeta contre le mur éclairé et, soudain, Elisabeth vit la ligne, le doux arrondi de la vie inconnue qui dormait encore à l'intérieur.
— Viktor Emmanuel, je crois que je comprends de quoi vous parlez.
Ils se turent tous les trois jusqu'à ce que Katarina rompît le silence :
— Finalement, ce café, il arrive ?

C'est ainsi que le quotidien reprit le dessus, ils allumèrent des lampes, rirent, et passèrent à la cuisine en direction des sandwichs et de la cafetière.

Le lendemain, ils recommencèrent le combat pour la ligne. Quand Katarina arriva, Viktor Emmanuel sortait de la douche.

Tandis qu'il se frottait les cheveux avec une serviette, il s'excusa, un peu confus :

— J'espère que je ne vous ai pas effrayée avec mes éclats de colère hier. Je ne suis pas un voyou, Katarina.

— Non, ne soyez pas bête. Vous faites partie de ces êtres qui prennent leur travail au sérieux. Et j'aime ce genre de personnes.

Ils recommencèrent. Et il s'arracha à nouveau les cheveux de désespoir. Au milieu de la séance, l'enfant parut s'impliquer dans la tension. Elle donna des coups comme jamais auparavant et Katarina dit :

— Venez vite, Viktor Emmanuel.

Il resta longtemps à genoux, la main sur le ventre de Katarina et sentit les coups jusqu'à ce que l'enfant se rendorme. Il se releva et ferma les yeux...

— Peut-être, peut-être que... je l'ai. Demain, nous continuerons. Pour l'instant, c'est trop.

— Je comprends.

Katarina rentra chez elle. Elle fit cuire deux œufs et éplucha cent grammes de crevettes pour elle et pour sa mère.

Et le lendemain, à 8 h 43, il trouva la ligne. Cela ne se produisit pas dans l'allégresse, seulement dans un respect serein.

30

Un jour alors que Katarina rentrait juste de son travail, Ingrid téléphona pour demander si elle pouvait leur faire voir quelques photos. Elisabeth, qui avait passé sa journée plongée dans ses livres de jardinage, accueillit l'interruption avec plaisir.

— Bien sûr, avec joie.

— Je vais d'abord vous montrer le plus beau jardin des environs. C'est celui du peintre un peu fou que les gens disent paresseux, ce qui est complètement faux. Il n'y a pratiquement rien de plus pénible dans le monde du jardinage que de créer un pré sauvage et de l'entretenir correctement.

Elisabeth vit d'abord le printemps avec les gagées jaunes et les tapis bleus des scilles. Le tout dans des montagnes d'anémones des bois. Sur la photo suivante, l'été lui faisait face avec des campanules, des grands coquelicots, des bouquets de bleuets dans un tapis de marguerites et de renoncules.

— Voilà exactement le jardin que je voudrais, dit Elisabeth.

— Pas moi, s'exclama Katarina. Je ne veux pas me battre avec une faux, je ne veux pas laisser les capsules fanées sécher sur place et vérifier tout le temps que la terre n'est pas trop riche.

— C'est extraordinaire comme tu es devenue experte, dit Elisabeth d'un ton acerbe.

— Eh oui, chère mère, même les architectes doivent s'y connaître en jardinage. Par exemple, comment on estompe des façades ratées avec des éléments végétaux. C'est ce que l'on appelle végétaliser l'architecture.

Elle éclata de rire et Ingrid hennit comme un cheval. Elisabeth, elle, était encore irritée...

— Puisque tu sais autant de choses, tu pourrais peut-être me faire part de tes idées sur la question. Je ne t'ai pas entendue émettre une seule opinion sur le jardin.

— Maman, tu vas créer un jardin. Je vais donner naissance à un enfant. C'est cela la répartition des tâches. Nous commençons tout de suite ; vous deux vous restez assises tandis que je prépare du café pour mon frère. Il va venir ici pour me parler seul à seul.

— Vous pouvez aller vous installer dans mon living là-haut.

Elisabeth sourit et Katarina, qui avait ressenti un peu d'inquiétude, pensa que sa mère savait ce qu'Olof lui voulait.

À peine un quart d'heure plus tard, Olof arriva, retira ses bottes dans le vestibule, embrassa sa mère et salua courtoisement la voisine.

— Nous allons prendre le café en haut, ces dames vont parler jardinage. D'accord ?

Elisabeth regarda ses beaux et jeunes enfants. Fière et heureuse, jusqu'à ce qu'elle croise le regard d'Ingrid. Elle se souvint et eut honte.

À l'étage, Olof s'assit au bureau d'Elisabeth tandis que Katarina se recroquevilla comme un chat sur le vieux canapé.

— Une nuit, juste avant Noël, le téléphone a sonné. Il était 2 h 30 du matin. Le temps de reprendre mes esprits, je ressortis mon meilleur anglais. C'était une avocate américaine qui m'annonçait que Jack O'Hara était près de se suicider. La police, qui l'avait arrêté pour ivresse et rixe, venait juste de le relâcher. Son père s'était occupé de lui, mais il avait de nouveau disparu. Il avait parlé à la famille de la Suédoise qu'il aimait et qu'il avait presque battue à mort.

— Qu'est-ce que j'ai à voir avec ça, Olof ?

— Rien, attendre. Je me suis entendu avec l'avocate pour que Jack me téléphone à n'importe quel moment du jour ou de la nuit dès qu'il réapparaîtrait. Il m'a appelé. Cette fois-ci, j'étais mieux préparé et j'ai enregistré la conversation. Tu vas l'écouter.

Katarina écouta, son visage ne trahissait aucun signe mais ses yeux étaient sombres.

— Peux-tu repasser la bande encore une fois, demanda-t-elle lorsque celle-ci se tut.

Il hocha la tête, rembobina la bande et la voix revint.

Katarina rétorqua, cria presque :

— C'est comme si j'étais responsable.

— Ne sois pas ridicule. Il est responsable de sa vie, qu'il frappe des femmes ou qu'il erre ivre dans les rues de New York. Katarina, la seule raison pour laquelle j'ai accepté le contact, c'est ton enfant.

— Qui a le droit de savoir qui est son père. Comme maman le répète.

— Oui.

— Oui, vous avez raison. D'une manière ou d'une autre je dois m'occuper de mon histoire avec Jack, je sais, je sais.

Elle se mit à pleurer.

— Tu comprends, Olof, je n'ai pas su avoir les bonnes réactions en ce qui concerne Jack et tout ce qui est arrivé. J'étais si incroyablement amoureuse.

Olof hocha la tête.

— Je descends voir maman pendant que tu réfléchis et prends une décision.

— C'est déjà fait. Bien sûr, nous ferons comme tu veux et nous inviterons toute la smala américaine au baptême.

— Bien, dit Olof.

En descendant les escaliers, il l'entendit rire, un grand rire près des larmes.

Dans le living du rez-de-chaussée, Ingrid et Elisabeth s'étaient mises d'accord sur une commande à faire en Angleterre.

— Des tonnes de graines merveilleuses, s'exclama Elisabeth rayonnante.

Ingrid se leva, annonçant qu'elle devait rentrer immédiatement chez elle.

— J'espère que nous nous reverrons, dit Olof en la raccompagnant jusqu'à la porte. Puis, il se tourna vers sa mère :

— Katarina va t'expliquer.

— J'entends qu'elle pleure.

— Oui, répondit Olof avec mauvaise conscience. Mais tu vas être contente, maman.

Avant de partir, il cria au revoir dans l'escalier. Puis il demanda :

— L'un de nous doit téléphoner... ?

— Sois gentil... fais-le.

— D'accord.

Enfin, elles se retrouvèrent seules et, à travers ses larmes, Katarina sourit à sa mère.

— Maman, il est temps de sortir la bouteille de cognac.

— Mais tu...

— Je vais juste tremper les lèvres.

Tandis qu'Elisabeth buvait par petites gorgées la boisson réconfortante, sa fille lui raconta le coup de téléphone de l'avocate américaine et la lente tentative de suicide de Jack. Puis elle mit la bande en route.

Comme sa fille, Elisabeth écouta la bande deux fois.

— Qu'allons-nous faire, Katarina ?

— Nous les inviterons au baptême.

Avant de se retirer pour la nuit, Katarina ajouta :

— Tu as toujours dit que dans les pires moments tu étais saisie d'apathie. Jusqu'ici, je n'avais jamais compris. Je viens de réaliser que c'est ce qui m'est arrivé depuis que Jack m'a frappée. Ne pas se souvenir, ne pas essayer de comprendre, ne pas penser à lui et surtout ne pas agir. Car si l'on fait quelque chose, tout devient réalité de nouveau. Mais maintenant, il faut que j'agisse.

31

En Suède, le miracle se produisit : les glaces se rompirent et les toits dégouttèrent. Le soleil brillait sur Katarina ; assise côté sud, elle clignait des yeux vers la lumière inhabituelle, emmitouflée dans de la fourrure et chaussée de bottes.

À New York, le printemps avait pris de l'avance et la pluie qui allait faire fleurir les parcs tombait. Ceci étant, lorsque l'eau du ciel se dissipait dans les gaz d'échappement, Jack pensait qu'il était difficile de respirer.

Il se préparait pour les négociations du divorce en Californie.

Il avait cru que ce serait simple : reconnaître sa culpabilité, tout accepter et laisser l'héritage du grand-père à Grace et aux enfants. Il n'y avait pas de quoi avoir peur. Il pourrait après penser à se reconstruire.

À mesure que le jour approchait, ce n'était plus simple. Il avait peur.

À contrecœur, il comprenait que ce malaise provenait du fait qu'il s'était ouvert à Ed et à Janet. Et à ce fichu pasteur qui avait téléphoné de Suède.

— Plus on parle, plus c'est difficile, dit-il à Janet qui lui répondit qu'il avait un peu raison.

— Si on ose parler de ses sentiments, ces ombres terribles se métamorphosent en réalité brute. Et c'est bien, parce qu'ils sont véritables.

C'était dimanche, et ils restèrent longtemps à bavarder à la table du petit déjeuner, comme ils en avaient pris l'habitude.

— Pourquoi t'es-tu marié avec Grace, demanda Ed. C'était évident qu'elle avait... les nerfs fragiles.

— Je suis tombé amoureux, éperdument. J'ai toujours été attiré par les femmes mélancoliques.

— Parce que tu veux les consoler ?

Jack sourit de son sourire de travers et ses yeux brillèrent lorsqu'il répondit :

— Consoler une femme angoissée m'a toujours excité sexuellement.

Janet était silencieuse, et Jack remarqua qu'elle ne le regardait pas. Les yeux fixés au plafond, elle évitait aussi de regarder Ed. Au bout d'un moment, elle baissa les yeux et demanda :

— Qu'exige-t-elle pour le divorce ?

— Tout. Et j'ai l'intention d'accepter.

— Et que signifie tout ?

— J'ai une lettre de son avocat. Attendez, je vais la chercher.

C'était un long document. Janet le prit et s'enferma dans son bureau. Ed commença à débarrasser la table et à remplir le lave-vaisselle. Soudain, Jack vit les mains de son père trembler.

— Tu n'as pas besoin de le prendre aussi sérieusement. Ce n'est que de l'argent. Ce sera bientôt fini et je serai libre.

— Que comptes-tu faire après ?

Jack put alors parler du livre qu'il voulait écrire.

— Tu comprends, en Suède, il s'agissait de donner des conférences à ce qu'ils appellent une université d'été. Sans examen, sans chasse aux unités de valeur ; les étudiants et moi apprécions cette absence d'exigence.

» Je pouvais m'étendre, développer mes idées, suivre des raisonnements non scientifiques mais qui méritent considération sur les shamans des Indiens ou les druides des Celtes. Je transportais le culte de la déesse mère, de culture en culture, et je parlais des Germains, comment ils allèrent en Europe et d'où ils venaient. Je prenais soin de préciser que ce n'était que pure spéculation. Bien sûr je disposais de certains faits, surtout à partir de la philologie.

Jack était enthousiaste et lorsqu'il remarqua l'intérêt que montrait Ed, il poursuivit :

— Sans me vanter, je peux dire que mes conférences ont eu du succès à Stockholm et le soir je réfléchissais à l'idée d'écrire un livre de vulgarisation.

— C'est une idée merveilleuse, dit Janet qui avait écouté de l'encadrement de la porte.

Ed irradiait comme un soleil.

— Il y a un problème. Je risque ma réputation scientifique.

— Je pense que cela n'a aucune importance, répondit Ed.

— Dans ce cas... dit Jack en riant.

Puis il alla chercher son matériel, toutes ses notes d'exposés, il montra des photos, il raconta. Ils étaient intéressés, posaient des questions, voulaient en savoir plus, et Jack devint intarissable.

Ils passèrent une agréable matinée. Les idées de Jack émerveillaient Ed, et Janet était plutôt fascinée de voir soudain Jack reprendre goût à la vie et rayonner de joie.

Ils déjeunèrent dans la grande cuisine et poursuivirent leur conversation.

— Alors qu'attends-tu ? Tu as toute la documentation, dit Ed avec fougue.

— J'avais pensé attendre le divorce. Après, il me faudra organiser, trier, rédiger des chapitres de façon plus judicieuse et cohérente. Cela représente beaucoup de travail.

— À propos de divorce, nous devons passer en revue les exigences de Grace. Elle a un très bon avocat, Jack.

Vous en avez besoin d'un aussi. Je peux vous représenter, si vous le voulez bien.

— Je ne veux pas marchander.

— Il ne s'agit pas uniquement d'argent, Jack. Cela concerne aussi votre nom, votre réputation et votre confiance en vous.

Ed alla faire la sieste. Jack et Janet s'installèrent à la grande table de travail dans le bureau.

— Avez-vous vraiment lu toute la lettre de l'avocat de Californie ?

— Non, pas en détail. Dès le départ, j'ai décidé de tout accepter.

— Elle vous accuse de mauvais traitement. Est-ce vrai, Jack ?

— Oui, c'est bien cela, non ?

Janet refusa de le regarder, ses yeux se fixèrent de nouveau sur le plafond. Il le remarqua sans rougir et elle pensa qu'il n'éprouvait aucune honte.

— Enfin, comment peut-on frapper une malade mentale ?

— Vous ne comprenez pas ce que je ressentais lorsqu'elle s'enfonçait de plus en plus profondément dans la maladie. Quelle que fût la force de mon étreinte, j'étais impuissant. J'avais beau la secouer, elle ne réagissait pas. Malade mentale, je ne l'avais pas compris. Après, un médecin m'a expliqué qu'elle était maniaco-dépressive, que c'était une maladie et que les dépressions allaient et venaient. Ce fut un soulagement pour moi. Ce n'était pas de ma faute. Le médecin ne cessait de le répéter. Vous n'êtes pas responsable… Quand elle était gaie et impétueuse, ce n'était pas non plus grâce à moi. C'était une sorte de fichu automatisme. C'étaient peut-être les médicaments qu'elle prenait qui créaient ces changements d'humeur. Mais à ce stade-là, je ne le supportais plus et je me suis mis à fuir…

Janet resta silencieuse même lorsque Jack se leva pour aller et venir dans la pièce.

— Vous comprenez que je l'aimais. Elle est une personne tellement vivante.

— Aimer est un terme très vague, qui ne me plaît pas beaucoup. Vous l'aimiez peut-être parce que vous la dominiez.

Il ne répondit pas, elle regarda le plafond. Finalement elle se concentra :

— Vous reconnaissez que vous la secouiez pour la faire revenir à la réalité. Mais vous ne la frappiez pas ?

— Je ne me souviens pas.

— Bien, dans ce cas nous allons suivre cette ligne. Vous étiez désespéré et, puérilement, vous croyiez que vous la feriez revenir à la réalité en la secouant.

Janet rédigea un compte rendu détaillé à l'avocat de San Francisco. Elle marchanda quelques-unes des sommes astronomiques que Grace exigeait en pension alimentaire. Cela revint quand même très cher à Jack.

Il obtint un droit de visite des enfants. Janet pensait que c'était important, mais Jack expliqua qu'il ne profiterait jamais de ce droit.

Le divorce fut une simple formalité.

32

Le printemps ne vint pas comme d'habitude, incertain, indécis à chaque pas. Non, il arriva comme un raz de marée. Il plut pendant des jours et des nuits. Et sous forme de petites averses, on aurait dit que le ciel avait ouvert toutes les écluses. La neige grise fondit, les routes, les prés et les chemins forestiers disparurent sous la boue. À la télévision, des reporters excités discouraient sur la catastrophe. Le lac Vänern débordait, dans les villes portuaires des longues côtes, les inondations menaçaient les quais.

Katarina et Elisabeth prirent la situation avec calme. Installées frileusement au coin du feu, elles écoutèrent la pluie cingler la fenêtre, lors des grands coups de vent. Viktor Emmanuel, qui avait pris pour habitude d'aller et venir, buvait une bière et jouissait du temps.

— J'ai toujours été attiré par les catastrophes, dit-il.

Katarina hocha de la tête et reconnut qu'elle éprouvait la même chose.

Elisabeth pouffa de rire.

Ingrid apporta les graines qu'elles avaient commandées d'Angleterre :

— Maintenant, c'est fichu pour nos jardins. Nous devons planter les graines dans des pots à l'intérieur.

Les pluies torrentielles durèrent six jours et six nuits. Le septième jour, un soleil jaune et rond se leva sur la lisière du bois à l'est. Elles admirèrent le miracle de la fenêtre de la cuisine.

— C'est comme dans la Genèse, tu sais le septième jour...

Katarina avait oublié depuis longtemps ce qu'il s'était passé le septième jour.

— N'est-ce pas ce jour-là que Dieu sépara la terre des mers ?

— Non, je ne crois pas. Je vais vérifier.

Elle revint avec l'Ancien Testament en riant.

— Dis donc, c'est le jour où il s'est reposé.

Quelques heures plus tard, les sols fumaient. Une semaine après à peine, les tussilages et les anémones bleues fleurissaient. Le printemps avançait à pas sûrs, il était pressé.

Ingrid vint faire un tour.

— N'y croyez pas. Il va y avoir un contrecoup.

Ce ne fut pas le cas. Le soleil brillait, la terre se réchauffait.

— C'est drôlement bien planifié tout cela, dit Viktor Emmanuel par-dessus la clôture. En quelques jours la terre sera dégelée.

Elisabeth fut si heureuse qu'elle prépara un délicieux gratin de poisson et invita le peintre à dîner.

Ils restèrent longtemps à la table de la cuisine dans le crépuscule bleu du printemps et Elisabeth osa demander comment il était devenu si différent.

Il fronça son visage de bois :

— Je n'ai pas autant de facilité que vous à m'exprimer.

Il n'empêche qu'il se mit soudain à parler de sa mère, qui avait eu six enfants en dix ans. Elle s'était mariée à vingt ans et à trente-deux ans elle avait à s'occuper de tous ces enfants. Il expliqua combien il y avait à peine assez d'espace pour respirer ou voir les enfants séparément.

— Ils n'étaient pas vraiment pauvres, c'était un foyer d'artisan convenable. Évidemment, ce n'était pas toujours facile de joindre les deux bouts.

Son regard se perdit dans les souvenirs d'enfance et il soupira avant de poursuivre :

— Aussi, quand elle tomba de nouveau enceinte à quarante ans, elle maudit son sort. Et puis je suis arrivé.

Il tenta de décrire le miracle, comment tout l'amour maternel pour lequel elle n'avait jamais eu de place se concentra sur le dernier enfant, comment il bénéficia du temps et de l'intérêt qui n'avaient pas existé pour les autres enfants. Tout cela était là maintenant comme un capital dans un livret de banque.

— Il suffit de récupérer les intérêts.

Et il raconta leurs randonnées dans les environs, comment ils s'arrêtaient devant chaque insecte, chaque ver de terre et chaque fleur. Et comment elle pouvait parler de tous ces miracles.

— Lorsqu'elle ne connaissait pas quelque chose, nous allions à la bibliothèque, dit-il en riant et en évoquant le souvenir du petit garçon et de la femme plus âgée dans la salle silencieuse, plongés dans des livres sur la flore et des encyclopédies sur les rampants de toutes sortes.

Ce dont il se souvenait le plus, c'était un livre sur les arbres.

— C'est ainsi que j'ai ouvert les yeux.

— Vit-elle encore ? C'est elle que vous allez voir le week-end ? demanda Katarina.

— Oui, je ne connais personne qui déborde autant de vie qu'elle.

Mais Elisabeth voulait revenir à sa question principale et demanda si c'était de cette vision qu'il avait développé sa conception de la vie.

— Voilà de jolis mots, dit Viktor Emmanuel, l'air gêné. Pardon, ajouta-t-il lorsqu'il vit la tristesse dans les yeux d'Elisabeth. Comme vous l'avez compris, je me méfie des mots. J'en ai peu, j'ai peur d'eux. C'est tellement facile d'altérer la réalité avec des propos, des opinions et des conneries de toutes sortes.

— Qu'est-ce que la réalité alors ?

Il réfléchit :

— D'abord, nous avons la réalité des sens. Le soleil sort rond et rouge de la mer, la lune suspend son plat d'argent dans le ciel nocturne et les étoiles clignotent secrètement vers l'enfant. Puis, nous avons la réalité de la connaissance, le Soleil est une étoile qui brûle, la Lune une petite planète autour de la Terre, et celle-ci n'est qu'une planète parmi millions d'autres d'un univers incompréhensible.

— Quand avons-nous perdu la sagesse dans la connaissance ? Vous souvenez-vous du poème d'Eliot ?

Katarina sourit à sa mère. Viktor Emmanuel réfléchit avant de poursuivre :

— Il y a une troisième réalité, une sagesse à un autre niveau.

— La réalité des mystiques, vous voulez dire ?

— Je n'aime pas ce mot, ce dont je parle n'a rien de mystique, de nébuleux, de caché. C'est une réalité, quelque chose que vous pouvez savoir. De cette manière, cela devient une... expérience intellectuelle.

Ils restèrent silencieux un instant, tentant de comprendre.

— Vous vous souvenez de la ligne ? demanda Viktor Emmanuel à Elisabeth.

— Lorsque Katarina était modèle et que vous vous arrachiez les cheveux de désespoir ?

— Oui. Au début, vous ne compreniez pas ce que je cherchais. Puis Katarina s'est levée et vous avez vu sa silhouette se dessiner sur le mur éclairé, vous avez respiré profondément et dit que tout d'un coup vous compreniez.

— Vous voulez dire qu'à ce moment-là je suis entrée en contact avec la troisième réalité ?

Il se faisait tard. Il remercia pour le dîner, se leva et leur souhaita bonne nuit. Et, l'air extrêmement gêné, il s'excusa d'avoir trop parlé.

33

Le lendemain, le soleil brillait sur la terre. Un jour de plus ! Dans la matinée, de légers nuages s'étirèrent dans le ciel et Elisabeth déclara qu'Ingrid allait finalement avoir raison et que le contrecoup allait arriver.

Mais les nuages se dissipèrent et le ciel devint plus bleu que jamais.

Elisabeth devait assister à une conférence à l'université. Elle prit le train qui, par bonheur, s'arrête devant les grands bâtiments de Frescati.

Katarina décida d'aller rendre visite à Viktor Emmanuel qui rangeait son atelier.

— Bonjour, commença-t-elle timidement. (Elle rougit en cherchant ses mots :) Je viens vous remercier pour hier. J'ai compris pour la première fois que l'art conduit... à la troisième réalité.

— Il y a de nombreux chemins. Le plus fréquent est sans doute celui de la religion. Malheureusement, par elle, on transforme les symboles et les mythes en réalité historique.

— Et alors on transforme la réalité, répondit Katarina.

— C'est de qui ?

— Vous-même, ou peut-être était-ce ma mère.

Viktor Emmanuel éclata de rire et Katarina sourit.

— Je voulais vous demander autre chose. Que signifie l'amour pour vous ?

— Entre deux êtres ?

— Oui. Vous qui avez vécu un mariage long et heureux, vous devriez le savoir.

— C'est être comme deux vases communicants.

Elle ferma les yeux et pensa à Jack avec qui elle n'avait même pas pu avoir une conversation ordinaire.

J'étais complètement idiote, c'était une maladie, pensa-t-elle. Et tout le temps, ce besoin de nouveaux hommes.

L'instant d'après, elle prit conscience de l'air qui vibrait entre elle et le peintre costaud, de la tension qui était montée, de ses tétons qui avaient durci et de son sexe qui était mouillé d'attente.

— Viens, dit-il en la portant jusqu'au lit.

Leur rencontre fut douce, remplie de tendresse et de désir. Sans la pénétrer, sans rentrer dans le nid où le bébé dormait, il la caressa jusqu'à l'orgasme. Et elle fit de même avec lui.

Ils dormirent un moment. Lorsqu'elle se réveilla, elle passa la main sur sa barbe en disant que c'était un autre chemin vers la troisième réalité.

Il acquiesça en marmonnant.

Ils ne le refirent pas, le gros ventre de Katarina et la peur de Viktor Emmanuel de la blesser les retinrent. S'ils n'en parlèrent pas, ils échangèrent de nombreux regards tous les jours qui suivirent alors que le printemps s'approchait du mois de mai.

Dans son esprit les idées se bousculaient, l'une revenait constamment : mon état constant d'excitation, mes perpétuelles aventures, ma chasse aux hommes, que j'ai utilisés, c'était peut-être...

Les premières feuilles des bouleaux apparurent et le temps de tailler les rosiers arriva. Viktor Emmanuel conduisit un camion sur le petit chemin qui longeait le fond des jardins. Ingrid, d'humeur résolument combative, était avec lui. Sur la plate-forme du camion étaient entreposés des galets de toutes sortes, des énormes, des normaux et une multitude de tout petits entièrement ronds.

— Maintenant, Elisabeth, nous allons transformer ton tas de pierres en une petite chaîne de moraine. Mais nous devons attendre Olof. Je lui ai téléphoné car nous avons besoin de renfort.

C'était le dernier jour de Katarina au bureau. Elle s'était plainte à sa mère :

— Ils m'excluent de tous les grands projets passionnants et ne me donnent que des bricoles à faire. Dans un sens je les comprends, je vais m'absenter pendant un an. Pourtant, je trouve que c'est triste, maman. Comme si le fait de donner naissance à un enfant faisait perdre ses capacités.

— Cela s'appelle le piège féminin, répondit Elisabeth. Tu y es tombée et tu dois en supporter les conséquences.

Katarina rentra à la maison, soulagée après les adieux des collègues de travail. La vue du camion ne l'étonna absolument pas.

— Tu savais.

— Bien sûr, maman. C'est ton cadeau d'anniversaire de la part de tes amis et de tes enfants. Tu as peut-être oublié que tu vas bientôt avoir soixante ans.

— Et lorsque ce sera le cas, nous nous trouverons dans un autre monde.

Le monde de l'enfant, pensa Elisabeth.

L'instant d'après arriva le plombier, celui qui n'était pas plombier mais entrepreneur en bâtiment. Olof l'accompagnait. Ils burent une bière avant de commencer.

Il n'y avait aucun doute sur celui qui décidait où et comment disposer les pierres. Au contraire, c'était avec une autorité quasi militaire que Viktor Emmanuel rugissait ses ordres aux esclaves qui s'éreintaient à placer les grosses pierres à l'emplacement exact.

Ils burent encore une bière avant d'éparpiller les galets. Là aussi, le peintre fit preuve d'autorité, il jurait et hurlait si les tas n'atterrissaient pas aux bons endroits. Ou pire, s'ils formaient des montagnes avec des pics.

— Bon sang, vous ne voyez pas que vous détruisez toute la composition !

Ingrid était la plus douée pour disperser les galets.

Après quoi Olof et Viktor Emmanuel allèrent se doucher, et Olof prit son courage à deux mains pour exprimer ce qu'il avait voulu dire depuis longtemps :

— Hem, à plusieurs reprises, j'ai voulu te raconter ce que j'avais éprouvé à Londres. J'assistais à une conférence et pendant que mes collègues faisaient du tourisme en ville, je suis allé dans un musée où tu étais exposé. J'avais lu différents articles sur toi dans les journaux suédois et j'étais curieux.

Tandis qu'ils se séchaient dans de grands draps de bain, Olof chercha le mot juste. Ne le trouvant pas, il conclut :

— C'était comme rencontrer Dieu.

Viktor Emmanuel dissimula son visage derrière la serviette. Lorsqu'il la retira, il répondit d'un ton troublé :

— Putain, ça fait du bien à entendre, mon gars.

Ingrid et Elisabeth passèrent les jours suivants à remplir les grandes crevasses de terre. Viktor Emmanuel continua à donner des ordres :

— Les grandes fougères ici, les *hostas* blanc et vert ici. Sur les pentes dans les parties basses, du thym, ça remplit bien, ça donne des couleurs et des parfums. Le printemps prochain, vous pourrez jardiner avec des fleurs d'un an.

Katarina le remercia et lui dit qu'Olof et elle allaient faire les comptes pour tout le travail qu'il avait fourni ; Viktor Emmanuel lui répondit que cela pouvait attendre :

— Je vais m'absenter.

— Combien de temps ?

Il lut de l'inquiétude dans ses yeux mais il cacha sa satisfaction :

— Une semaine tout au plus.

— Où ?

— À New York. Ingrid m'accompagne pour m'aider. Je suis en train de vendre le triptyque au musée d'Art moderne.

Katarina fut tellement transportée de joie qu'Elisabeth descendit voir ce qu'il se passait. Sa fille était déjà dans les bras de Viktor Emmanuel. Ce n'était pas facile à cause de son ventre et de son enfant qui donnait des coups de pied d'excitation.

— Maman, écoute. Il est en train de vendre le triptyque au musée d'Art moderne de New York. Je suis heureuse et fière d'être ton amie, cria-t-elle en donnant des coups de poing sur la poitrine de Viktor Emmanuel.

— Dieu du ciel ! s'exclama Elisabeth qui dut s'asseoir. Des millions de gens vont le voir, c'est magnifique.

Viktor Emmanuel rit et dit d'un air confus :

— En réalité, je n'ai pas envie de le vendre. Sauf qu'il s'agit d'une grosse somme d'argent.

Sur ce, ils se quittèrent en se serrant la main. Et les deux femmes lui souhaitèrent bon voyage, bonne chance, comme il est d'usage de faire.

Le soir dans la cuisine, Katarina demanda :

— Sais-tu pourquoi il emmène Ingrid ?

— Oui, Ingrid s'occupe de sa comptabilité, en réalité de toutes ses affaires. C'est elle qui détermine le prix quand il vend un tableau, organise ses expositions et veille à ce qu'il paye ses impôts. Elle a fait des études dans ce domaine et elle occupait une fonction à responsabilité dans un bureau d'avocats avant d'avoir les jumeaux.

Elisabeth raconta aussi que Viktor Emmanuel avait rencontré Ingrid une semaine après la catastrophe pour lui demander si elle voulait bien l'aider.

34

La semaine après Pâques fut tranquille dans la maison d'Oxelvägen. Elles regrettaient leurs voisins, le bruyant Viktor Emmanuel et la hargneuse Ingrid.

Le téléphone n'en sonnait pas moins, comme il le faisait depuis le jour de leur emménagement.

Presque tous les appels étaient pour Elisabeth. Ses nombreux amis de Gävle voulaient avoir de ses nouvelles et parler d'eux-mêmes, de leurs enfants, de leur travail et des livres qu'ils avaient lus. Comme Elisabeth disait, ils voulaient parler d'eux-mêmes.

De temps en temps Katarina recevait un appel, mais c'était seulement quelqu'un du bureau qui était à la recherche d'un quelconque dessin.

Un après-midi, alors qu'elle se reposait, Katarina osa se poser une question : pourquoi n'ai-je pas d'amis ?

Elle avait eu une vie mondaine en ville, toujours invitée à des fêtes et à des réceptions. Elle était belle et avait le sens de la repartie.

Mais l'amitié ?

Des liens intimes avec une amie à qui elle pouvait faire confiance ?

Non.

Soudain, elle se souvint de la conversation dans le bar, le soir où elle avait raconté que les nouveautés au lit étaient ce qu'elle préférait. Elle se souvint aussi de son amie qui la plaignit.

Elle rougit de honte.

J'avais le feu aux fesses. Pourquoi étais-je ainsi ? D'où venait cet appétit sexuel ? Où cela me menait-il ?

Dans les bras de Jack.

« Tu es connue pour changer d'hommes comme d'autres femmes changent de slips », avait-il hurlé.

Disait-on cela d'elle dans son cercle de relations ? Oui, elle pouvait presque entendre le murmure : attention, mangeuse d'hommes.

Elle s'assit dans le lit et s'exclama :

C'est faux. Je ne courais pas après les hommes mariés.

Puis ses pensées se tournèrent vers Jack qui était marié et avait deux enfants en Amérique.

Je ne voulais pas faire de mal.

Elle reconnut que sa remarque était assez minable.

Sa conscience lui souffla qu'elle avait vécu comme une pure égoïste. Comme certains hommes, ces hommes puérils qu'elle méprisait.

L'enfant donna des coups. Elle mit la main sur son ventre et se rappela soudain ce qu'elle avait pensé en chemin le long de Ljusnan.

En observant le fleuve, elle avait compris : j'ai peur de l'intimité.

Lorsque Elisabeth apporta le thé de l'après-midi, elle vit que Katarina avait pleuré.

— Raconte, dit-elle.

— Tout a commencé lorsque je me suis demandé pourquoi je n'avais pas d'amis. Tu en as tellement.

Après, elle put parler de la sexualité qui la poursuivait, des commérages sur elle et de la remarque de Jack sur les slips.

Elisabeth l'écouta et, comme d'habitude, elle n'eut pas un mot de réconfort.

Pourtant, Katarina se sentit mieux.

Le lendemain, Erika et son amie Ulla devaient venir les voir, sans enfants. Elles semblaient contentes comme si elles faisaient une excursion vers la liberté.

— Il faut que tu prépares le déjeuner, je suis un peu fatiguée, lança Elisabeth.

Katarina se rappela brutalement ce que Viktor Emmanuel lui avait dit avant de partir en voyage :

« Fais attention à ta mère. Elle est anormalement fatiguée. Elle a besoin de se faire examiner. »

Et Katarina avait fait appel à toutes ses explications d'ordre psychologique : le déménagement, le nouvel environnement, l'arrêt de son travail, l'inquiétude pour le bébé…

« Tu dis des conneries. Elisabeth est psychologiquement très solide. Je parie que c'est un problème physique. »

Il avait paru très sérieux.

Katarina prépara une pâte brisée et descendit en ville acheter du saumon, des crevettes et de la crème fraîche. Elle s'arrêta au centre de protection maternelle où elle rencontra l'infirmière Birgitta.

— Vous avez un problème ?

— Non, je voudrais que vous me recommandiez un médecin. Je suis inquiète pour ma mère.

Elle décrivit la fatigue anormale d'Elisabeth à Birgitta.

— Je vais lui prendre un rendez-vous chez Robert Gille. Je l'appelle tout de suite.

Sur le chemin du retour, Katarina se rendit compte que ses relations avaient changé. Une solide amitié la liait à Birgitta. Elle existait vraiment. Peut-être était-elle professionnelle, peut-être était-ce ce que chaque future maman ressentait. Peu importait. L'essentiel, c'était que Katarina pouvait ressentir cette amitié et l'accepter.

Il m'est arrivé quelque chose. Et c'est grâce à l'enfant, songea-t-elle.

Tandis qu'elle était en train de déballer ses achats dans la cuisine, le téléphone sonna. Je vais dire que maman fait sa sieste et qu'elle rappellera plus tard, se dit-elle.

Mais c'était Erika. Les enfants avaient attrapé une sorte de gastro et elle attendait le médecin.

— Donc malheureusement...

Katarina ressentit une énorme déception, se maîtrisa et demanda presque humblement si Ulla ne pouvait pas venir toute seule.

— Appelle-la et demande-lui.

Katarina composa le numéro de téléphone :

— Bien sûr que je viens. J'ai envie de vous connaître.

Et j'ai besoin d'avoir quelqu'un à qui parler, pensa Katarina sans le dire.

— Soyez la bienvenue.

Elle décida rapidement de faire deux tartes plus petites. Il y avait des limites à ce que toutes les deux pouvaient manger. Elisabeth mangeait comme un oiseau.

Assise à la table de la cuisine en train de décortiquer les crevettes, elle entendit les pas maladroits et prudents d'Elisabeth dans l'escalier. L'inquiétude gagna Katarina. Dieu, il n'y avait plus de doute. Où avait-elle eu la tête ?

— Ça, je peux le faire, s'exclama Elisabeth en prenant les crevettes, tandis que Katarina hacha l'aneth, nettoya le saumon et prépara la sauce.

— Erika ne vient pas parce que les enfants ont attrapé quelque chose à l'estomac.

— Rien de grave ? demanda Elisabeth d'une voix tremblante.

— Non, non maman. Ulla vient en revanche.

— Bonne nouvelle. À propos, j'ai une autre bonne nouvelle. Ingrid a téléphoné. Elle atterrit à Arlanda avec Viktor Emmanuel, demain samedi à 10 heures du matin.

Le soulagement envahit Katarina. Impossible de le cacher. Elle n'essaya même pas :

— Dieu merci, maman.

Le téléphone sonna de nouveau. C'était Birgitta qui prévenait qu'Elisabeth Elg avait rendez-vous avec le Dr Gille lundi à 11 heures.

— La liste d'attente est très longue, mais il a fait une exception.

— Merci, oh merci.

— Maman, il faut que tu m'écoutes. Je suis passée au centre de protection maternelle et j'ai pu avoir un rendez-vous pour toi chez un docteur intelligent et compétent. Nous irons le voir lundi.

Elle s'attendait à des objections, mais Elisabeth parut ravie :

— Il faut que je sache d'où vient cette fatigue.

Katarina pensa à un cancer et ses mains tremblaient lorsqu'elle mélangea l'assaisonnement de la salade. Non, non, ce ne peut pas être cela.

Ulla ressemblait à une enfant toute rose. Tout en elle était rond, doux, puéril. Une bouche en bouton de rose, un joli petit nez retroussé et des yeux toujours écarquillés. Comme d'étonnement.

Ce n'était que lorsqu'on soutenait fermement son regard que l'on comprenait qu'il contenait beaucoup de vivacité.

Elles mangèrent, Ulla se chargea de la conversation et des rires. Elle raconta des histoires sur le plombier et ses trois fils, et Katarina ressentit de la honte car elle ne participait pas beaucoup à la conversation. Elisabeth, elle, rit plusieurs fois aux éclats tandis qu'elle mangeait sa petite portion. Puis elle se retira.

— Depuis combien de temps est-elle comme cela ?

— C'est difficile à dire. C'est venu petit à petit. Vous avez dû la rencontrer plusieurs fois chez Erika à Uppsala.

— Elle a beaucoup changé.

Elle hésita un instant avant de poursuivre :

— Ma mère a eu un cancer. Ils lui ont opéré les seins et la lymphe. Pendant une longue période, elle a eu des rayons. Depuis, elle va bien. Elle va seulement faire des contrôles quelques fois par an.

Katarina s'imprégna des mots et la barre qu'elle ressentait dans l'estomac se relâcha.

— Je ne peux pas nier que ce fut une période difficile. Comme vous, j'attendais un enfant. Mon premier.

— Doux Jésus.

Ulla hésita un peu avant de poursuivre :

— Vous comprenez, j'étais la fille unique d'une mère seule. Elle m'a néanmoins donné tout ce dont un enfant a besoin...

Katarina fit du café, elles s'installèrent dans le living. Katarina commença à lui faire part de ses réflexions des dernières semaines, de sa chasse aux hommes et des nouvelles sensations érotiques.

Elle pensait tout le temps : Je suis dingue, elle va prendre ses distances envers moi.

— J'ai vécu tout cela. Pendant mes jeunes années, j'ai connu de semblables périodes, jusqu'à ce que je rencontre Lars. Et je n'avais plus vraiment vingt ans, déclara Ulla en éclatant de rire. Depuis, j'ai eu suffisamment de sexe et tout ce qui va avec. Des disputes, des drames, du désir et de la tendresse. Les tempêtes hormonales se sont calmées et maintenant je suis une camarade de lit normale et satisfaite.

Elles bavardèrent, les heures passèrent. Katarina parla de Jack et des coups. Ulla soupira profondément et dit :

— Je sais que vous avez grandi dans un foyer où régnaient les mauvais traitements. Olof m'a raconté. Et je crois que les filles qui ont vécu cette expérience sont attirées par les hommes qui frappent. Pour l'amour de Dieu, Katarina, débarrassez-vous de lui.

La pendule sonna 16 heures. Ulla devait aller chercher les garçons à la garderie.

35

Tenant à peine debout, Ingrid et Viktor Emmanuel arrivèrent en taxi le samedi matin. Ils mangèrent une omelette au fromage chez les Elg, regagnèrent leurs maisons respectives et s'écroulèrent dans leur lit.

Katarina vérifia la valise contenant les vêtements d'enfant, les affaires de toilette, la chemise de nuit et la robe de chambre. La valise était prête depuis longtemps et elle savait où tout se trouvait. Mais quand même.

Il pleuvait. Ingrid, qui s'était réveillée au bout de quelques heures, dit que c'était une bénédiction, car tout était sec comme dans le désert. Il plut tout le dimanche et le lundi matin. Viktor Emmanuel prit son café dans la cuisine de Katarina :

— Je vous accompagne toutes les deux chez le médecin. On prend ma voiture, elle est plus grande et ça t'évitera de conduire.

— Merci.

Gille était comme la plupart des médecins d'aujourd'hui, fatigué et usé. Tandis que Katarina répondait aux questions, il ausculta le cœur d'Elisabeth. Il parut soucieux et ordonna une prise de sang et un électrocardiogramme.

Pour la première fois de la journée, Katarina ressentit de la peur, comme un poing dans l'estomac. Ils durent attendre dans une petite pièce. Un temps infini, pensa Katarina en serrant très fort la main de Viktor Emmanuel qui transpirait.

Il a peur lui aussi, en déduisit-elle.

Le docteur vint enfin les voir. Il leur expliqua qu'Elisabeth avait les artères coronaires bouchées.

— Elle doit être immédiatement traitée. J'ai appelé l'hôpital Karolinska, ils sont prêts à la recevoir. L'infirmière a demandé une ambulance. Autant que je puisse en juger, il faudra faire pas mal d'examens, puis ce sera l'opération.

— Pouvons-nous l'accompagner dans l'ambulance ?

— Oui, bien sûr. Mais vous ne devez pas contaminer la patiente avec votre inquiétude.

Tout en serrant la main de Katarina, le médecin lui assura qu'il comprenait que ce ne devait pas être facile pour elle, mais qu'au moins elle avait son mari.

C'était la première fois que le peintre était considéré comme tel ; ils allaient devoir s'y habituer.

Dans le grand hôpital, on fut d'une efficacité qui les stupéfia. En quelques minutes, Elisabeth était sous perfusion avec un ordinateur relié à la cage thoracique.

Ils s'assirent dans la salle d'attente, de nouvelles heures interminables s'enchaînèrent. Puis vinrent les médecins, un plus âgé, compatissant, et un autre, efficace et jeune.

— Nous opérons dans une semaine. Jusque-là, elle restera ici pour différents examens. Elle était près de faire un infarctus quand vous êtes arrivés.

Le ton était froid, il contenait peut-être des reproches. Mais il hocha la tête avant de disparaître et le médecin plus âgé expliqua :

— Nous allons essayer une angioplastie coronaire.

Katarina n'écouta pas, elle pensa que c'était une sorte de jargon médical. En revanche, Viktor Emmanuel écouta et comprit. Il avait des amis qui avaient subi le même genre d'opération.

— C'est comme un miracle, dit-il lorsqu'ils prirent enfin un café et des sandwichs dans la cafétéria de l'hôpital. Écoute-moi, Katarina.

Et il expliqua comment ils allaient pénétrer dans l'aine et remonter dans le corps avec une caméra et des ballonnets.

— Dès qu'ils ont localisé le calcaire, ils font exploser un ballonnet.

— C'est incroyable.

— Oui, et c'est sûr. Ils échouent rarement d'après ce que j'ai compris. Je crois qu'elle sera de retour à la maison dans quelques semaines.

Katarina se tut.

Il la laissa tranquille et alla téléphoner à Olof.

— Comment a-t-il réagi ?

— Ils ont tous une gastro-entérite. Je lui ai dit de ne pas venir ici, de ne pas apporter une seule bactérie en salle de chirurgie, tu comprends ? Maintenant, on rentre à la maison. On prend un taxi, on passe au centre de protection maternelle chercher ma voiture. Tu vas voir que j'aurai attrapé un PV.

C'était bien le cas.

Ingrid avait fait le ménage et changé les draps du lit, et, à son grand étonnement, Katarina réussit à s'endormir. Olof téléphona, il voulait parler à Viktor Emmanuel.

— Il n'est pas à la maison, dit Ingrid.

— Où est-il ? hurla presque Olof.

— Calmez-vous, mon garçon. Il est simplement descendu au village engueuler la police. Je lui dirai de vous appeler dès qu'il rentrera.

Comme promis, Viktor Emmanuel téléphona à Olof :

— Katarina dort comme une enfant. Nous n'avons pas eu de nouvelles de Karolinska, ce qui signifie qu'il ne s'est rien passé. Cette nuit, je dormirai sur le canapé dans le living de Katarina. Je promets de ne pas la laisser seule une minute.

— Pourquoi t'es-tu engueulé avec la police ?

— On a eu un différend à propos du PV. Ils ont cédé et ont déchiré la contravention.

Il éclata de rire. Olof lui dit qu'il avait pris un rendez-vous chez le médecin, pour savoir s'il avait des bactéries dans l'estomac.

— Dans les intestins, dit Viktor Emmanuel. Cela me paraît un prélèvement très agréable... On t'appellera si on sait quelque chose.

À son réveil, Katarina voulut de la bouillie, quelque chose de doux pour l'estomac. Elle but un grand bol, alla aux toilettes et se recoucha. Viktor Emmanuel prépara son lit sur le canapé, râla qu'il était trop petit pour lui mais s'endormit vite. La lampe du bureau diffusait une lumière tamisée.

Tandis que le peintre dormait, Katarina remarqua qu'il ne ronflait pas, il ronronnait. Elle se sentait en sécurité, et bientôt elle s'endormit elle aussi.

Viktor Emmanuel fut réveillé par le cri de Katarina. Il jeta un coup d'œil à sa montre. Il était près de 2 heures. Il fonça dans sa chambre.

— J'ai rêvé que je nageais et j'ai été réveillée par les eaux.

Ses yeux étaient écarquillés de peur. Elle avait perdu les eaux ; le lit était trempé. Viktor Emmanuel parla rapidement au téléphone, dit enfin :

— Merci, dans dix minutes donc.

— D'après eux, ce n'est pas dangereux. Il n'est pas rare qu'un accouchement commence par la perte des eaux à la maison. C'est l'enfant qui a percé la membrane fœtale.

Il lui ôta sa chemise de nuit trempée et lui en mit une propre. Il plia une serviette éponge entre ses jambes et trouva une robe de chambre convenable.

— Je comprends que le bébé n'ait pas supporté tout ce qui s'est passé hier.

Il ne répondit pas car l'ambulance venait d'arriver. Katarina, les dents serrées, fut installée sur un brancard, sa petite valise à côté.

— Avez-vous mal ? demanda l'ambulancier.

— Non, c'est un peu lancinant seulement.

— Le papa s'assoit là et tient la main de sa femme.

Malgré tout, Victor Emmanuel eut le temps de fermer la maison et de jeter les clés dans la boîte aux lettres d'Ingrid. Mais il oublia son portefeuille.

À la clinique, tout était calme, la sage-femme écouta le bruit du cœur fœtal, vérifia l'ouverture et dit qu'il y avait là un petit bébé qui était pressé.

— Tout est normal ?

— Bien sûr. Et voilà le papa qui va assister, je suppose ?

— Oui, répondit Viktor Emmanuel.

Lorsqu'il revint, lavé et vêtu d'une blouse d'hôpital, dans la salle d'accouchement, Katarina cria. Il devint raide de peur, il voulait s'enfuir, il voulait dire qu'il n'y arriverait pas… Elle cria de nouveau et il reconnut les cris de son enfance, les cochons à l'abattoir.

— Nous n'avons pas le temps de nous occuper des papas qui s'évanouissent, s'exclama la sage-femme, s'apercevant de sa pâleur. Asseyez-vous près de sa tête et aidez-la à respirer calmement. Et à pousser dès que les douleurs arrivent.

Ils placèrent des appareils sur elle et s'en allèrent. D'autres femmes étaient en train d'accoucher cette nuit-là et il entendit d'autres cris. Les minutes se transformèrent en heures, ils respiraient entre les douleurs et il songeait tout le temps à fuir, il pensait que les femmes étaient folles, qu'il n'avait jamais compris… et qu'il leur pardonnerait toutes leurs bizarreries maintenant qu'il avait vu…

Puis vint une nouvelle contraction.

— Pousse, autant que tu peux, l'encouragea Viktor Emmanuel.

Et puis la douleur déferla. Il était près de 5 heures lorsque Katarina hurla qu'elle se déchirait. Alors Viktor Emmanuel voulut mourir avec elle. La sage-femme vint et s'écria :

— Nous l'avons, voici la tête, exactement comme il faut.

Cinq minutes plus tard, une espèce de gros poisson glissa hors de Katarina, la sage-femme l'examina et le posa sur le ventre de Katarina.

— Battements de cœur contre battements de cœur, expliqua-t-elle.

Sans comprendre, il pensa que le tas sur le corps de Katarina ressemblait à une grenouille, grise et grasse. Puis il fut envoyé à la cafétéria prendre un café. Pendant ce temps, ils allaient recoudre Katarina, laver le bébé et le couper.

— Couper !

— Le cordon ombilical.

— Que je suis bête.

Ce n'est qu'après avoir pris son café qu'il remarqua qu'il avait oublié son portefeuille. Mais Dieu merci, pas son portable. Il sortit et appela Olof à Uppsala. Viktor Emmanuel fit un compte rendu bref sans s'étendre sur les événements de la nuit.

Olof n'était pas contagieux et allait venir immédiatement.

— Alors je vais commander des œufs au plat et du bacon. Tu comprends, je n'ai pas d'argent.

36

Viktor Emmanuel était assis tout au fond de la cafétéria. Jamais Olof ne l'avait vu aussi barbu et aussi négligé. Les yeux petits, plissés et injectés de sang.

Il parvint tout de même à articuler avec un sourire :

— Dieu merci, tu es venu.

Il n'avait pas mangé les œufs qui nageaient dans l'assiette graisseuse, et son regard était fixé sur les yeux jaunes.

Olof alla chercher une tasse de café et s'installa à la table. Ils restèrent silencieux.

Viktor Emmanuel ouvrit finalement la bouche :

— Je viens juste de comprendre pourquoi les femmes sont comme elles sont. Têtues comme des mules, affamées d'amour, fortes comme des rocs et faibles comme des roseaux dans le vent.

— C'est fou comme tu t'enthousiasmes. Si Katarina t'entendait, elle serait furieuse, répondit Olof.

Viktor Emmanuel ne l'écoutait pas.

— Bon sang, tout ce qu'elles doivent endurer. Quelle culpabilité !

Olof hocha la tête.

Viktor Emmanuel poursuivit avec détermination :

— J'étais sûr qu'elle allait mourir. Je pensais que personne ne pouvait survivre à une telle douleur.

Long silence.

— As-tu assisté à l'abattage de cochons ?

— J'ai grandi à la campagne.

— Elle criait exactement comme eux.

Encore un long silence.

— Au bout de quatre heures, elle s'est ouverte, une grenouille est sortie qu'on a déposée sur son ventre. Puis on m'a fait sortir pour la recoudre. Les médecins étaient contents, ils disaient que tout était normal et que la grenouille était une jolie petite fille.

Olof téléphona au service où se trouvait Katarina. L'enfant allait bien et la mère rayonnait comme un soleil. Le papa et lui pouvaient venir les voir à midi. Si, toutefois, le pauvre papa avait survécu à l'accouchement.

La voix riait.

— C'était tout juste, répondit Olof.

La voix éclata de rire.

Il était 8 heures du matin. Olof devait trouver un moyen de faire dormir Viktor Emmanuel. Il retrouva le peintre avachi comme un sac de pommes de terre sur la chaise inconfortable.

— Viens, allons faire un tour en voiture.

Le peintre se leva et le suivit comme un zombie. Sur le parking, Olof abaissa les sièges arrière de la grosse Volvo, gonfla un matelas pneumatique et secoua des couvertures.

— Allonge-toi, pendant que je conduis lentement dans Djursholm. Le moteur ronronne, et toi, tu dors. Compris ?

— Tu es fou.

— Mais non. Allez, installe-toi.

Viktor Emmanuel s'endormit avant même qu'ils ne sortissent du parking.

Olof roula lentement sur des voies bien entretenues, le long des terrains de golf, près de villas respirant les traditions et l'argent. Le soleil de mai brillait sur la tendre verdure et les criques bleues.

Que c'était beau par ici !

Il suivit le rivage vers le nord, là où il n'y avait plus d'habitations. Une énorme maison, presque ovale, se dressa devant lui. Un hangar. Il réalisa qu'il était dans l'escadre aérienne abandonnée de Hägernäs. C'était bien. Ici, on n'entendait aucune voix. Seulement des oiseaux qui chantaient comme des fous dans les grands arbres près du rivage. Il s'arrêta à quelques mètres de la crique, regarda les bois de l'autre côté, respira profondément et arrêta le moteur.

Au bout de quelques minutes seulement, Viktor Emmanuel bougea, se leva et écarquilla les yeux.

— Quelle bâtisse fantastique ! Qu'elle est belle ! Quelles proportions ! Qu'est-ce que c'est ?

— Un hangar abandonné. Il y avait jadis une escadre dont la mission était de protéger la Suède avec des hydravions.

— Tu plaisantes !

Ils se dirigèrent vers le taillis le plus proche, heureux de se soulager au soleil.

— Tu as fait ton service militaire ?

— Oui, justement dans l'aviation. À Halmstad.

— Ce devait être sympa. Moi j'étais à Boden.

— C'est drôlement froid là-bas, non ?

— Exact.

Lorsqu'ils retournèrent à la voiture, Olof lui dit qu'il avait une mine épouvantable.

— J'ai une trousse avec un rasoir, de la mousse, du savon et une brosse à dents.

Viktor Emmanuel prit la trousse et se dirigea vers la plage. Il se lava tant bien que mal, se coiffa et soigna sa barbe.

Quand il revint, la peur de la nuit s'était de nouveau faufilée dans ses yeux.

— Katarina, nous devons… Elle doit avoir horriblement mal et croire que nous l'avons abandonnée…

— Elle est rayonnante.

Olof rapporta la conversation qu'il avait eue à l'hôpital.

— Ces imbéciles heureux. Ils mentent comme ils respirent…

— Viktor Emmanuel, écoute-moi. Ils ne mentent pas. Ce sont des pros. Ils pratiquent des accouchements à longueur de nuit. S'ils ont dit que tout allait bien, c'est que tout va bien. En plus, c'est un fait : les femmes accouchées sont resplendissantes.

— Tu as une curieuse interprétation des faits.

Ils rirent.

Au bout d'un moment, Olof prit son courage à deux mains et demanda brutalement :

— Qu'est-ce que vous allez faire, toi et Katarina ?

Viktor Emmanuel sourit lorsqu'il répondit :

— En fait, elle m'a demandé en mariage.

— S'agissant de ma sœur, cela ne m'étonne pas du tout. Puis-je savoir ce que tu as répondu ?

— J'ai demandé un temps de réflexion.

— Pourquoi ?

— Je veux voir cet Américain. Et les voir, tous les deux ensemble.

— Elle ne t'a pas raconté ?

— Quoi donc ?

Olof donna un coup de poing sur le volant et sa voix descendit jusqu'à l'estomac lorsqu'il lui dit ce qu'il s'était passé.

Il commença par la visite de Katarina à sa mère à la maison de Ljusnan. Il expliqua comment elles s'étaient séparées, Elisabeth rentrant à Gävle et Katarina à Stockholm, et comment Katarina avait promis de téléphoner dès qu'elle arriverait chez elle.

— Comme elle n'appelait pas, ne répondait pas au téléphone et qu'il était près de 22 heures, Elisabeth a été prise de panique. Cela ne ressemblait pas du tout à Katarina. Ma mère m'a appelé à Uppsala et je suis parti. J'avais les clés de l'appartement. Lorsque je suis entré, elle gisait sur le sol de l'entrée, il y avait du sang partout, elle était à moitié évanouie. J'ai appelé une ambulance. Puis, pendant qu'ils s'occupaient d'elle, je suis resté dans la salle d'attente à calculer comment je pouvais tuer l'Américain.

Il soupira tout en donnant encore des coups sur le volant.

— L'oreille gauche a tout pris. Elle entend encore mal de cette oreille. Tu as dû remarquer qu'elle se tourne du côté droit pour écouter.

— Il faut que je sorte, rugit le peintre en s'extrayant de la voiture.

Il en fit rapidement le tour et se suspendit à Olof en gémissant :

— Que s'est-il passé ensuite ?

— Pendant des semaines, elle est restée chez nous. Erika l'a aidée. Les médecins voulaient faire une déclaration à la police, mais elle a refusé. D'ailleurs, l'Américain a quitté la Suède.

Viktor Emmanuel se laissa tomber sur le siège près d'Olof.

— Pourquoi n'a-t-elle rien dit ?

— D'après Erika, Katarina a honte. C'est bizarre, mais il paraît que les femmes violées prennent à leur compte la culpabilité et la honte.

Ce fut au tour d'Olof de vouloir sortir de la voiture, respirer profondément et essayer de desserrer ses poings noués.

Il lui fallut un moment pour maîtriser sa voix.

— Les blessures physiques n'étaient pas les pires, Viktor. Tu comprends, elles ont réveillé un trauma, un effroi épouvantable. Notre père a violenté notre mère pendant des années et Katarina, qui n'avait que cinq ou six ans, a dû s'occuper d'elle.

Viktor Emmanuel le regarda fixement, secoua la tête et dit finalement :

— Ce n'est pas possible. Pas Elisabeth.

— Si.

11 h 30 s'approchaient. Il était temps de retourner à l'hôpital.

— J'ai besoin de prendre un verre.

— Moi aussi, mais...

— Je sais.

— Nous aurions dû acheter des fleurs, dit Olof dans l'ascenseur.

Mais la chambre était déjà remplie de fleurs. De la part d'Ingrid et d'Ulla.

Elle était couchée là avec le bébé près de son sein. Olof déclara qu'elle rayonnait comme le soleil de minuit et ils rirent tous les trois.

Puis ils passèrent la situation en revue. Elisabeth était sous contrôle médical strict et se plaignait seulement de ne pas pouvoir bouger.

Elle avait subi une radiographie des artères coronaires, qui avait été désagréable mais pas insupportable. Erika était avec elle mais elle n'était pas autorisée à rester de longs moments dans la chambre. Il était très important de ne pas la contrarier. Erika avait laissé un message sur le téléphone de Katarina. Elle était maintenant dans une salle d'attente un peu plus loin et attendait de pouvoir parler avec les médecins.

— Nous allons appeler l'infirmière du service de maman, dit Olof.

Au bout d'une minute ou deux, Erika était au téléphone.

— Bonnes nouvelles, dit Olof après avoir décidé avec Erika qu'il irait la chercher dans une heure.

— Ils pensent qu'ils réussiront à la sauver avec l'éclatement des ballons. Dans une semaine environ.

Quand Erika avait demandé si elle pouvait annoncer la naissance du bébé à Elisabeth, le docteur avait répondu qu'il ne fallait l'inquiéter sous aucun prétexte.

— Elle s'inquiète peut-être plus de ne pas savoir, remarqua Katarina, et le frère et la sœur se regardèrent d'un air hésitant.

Finalement, Olof dit qu'il avait raconté à Viktor Emmanuel ce que Jack avait fait.

— C'est bien, répondit Katarina en se tournant vers le peintre. Il faut que tu me pardonnes, mais j'étais incapable de te raconter tout cela. À propos, sur l'étagère du bas dans ma chambre, il y a des lettres de ma mère. Je veux que tu les lises. Lorsque tu pourras. Tu dois être très fatigué. Dors d'abord.

Avant qu'ils ne s'en aillent, elle ajouta :

Maman a l'habitude de parler de l'état dans lequel elle se trouvait lorsqu'elle était malade et inconsciente. Elle dit qu'elle se promenait dans son âme et que tout était lumineux. C'est là que je me trouve en ce moment, mais je suis pleinement consciente.

37

Erika, qui était restée à Karolinska, prit une décision. Elle se glissa dans la chambre d'Elisabeth, lui prit la main et lui murmura que l'enfant était née, que l'accouchement s'était bien passé et que le bébé était en bonne santé et adorable.

— Olof dit que Katarina est rayonnante.

Un sourire soulagé la renseigna ; Elisabeth avait compris.

Erika continua à murmurer :

— Katarina n'est pas restée seule une minute. Viktor Emmanuel a été avec elle toute la nuit. Le pauvre, il est à plaindre, il est un peu secoué.

Le sourire d'Elisabeth s'élargit. Puis l'infirmière passa pour dire qu'il ne fallait pas fatiguer la patiente. Les moniteurs avaient réagi.

Erika prit l'infirmière à l'écart et lui expliqua ce qu'il en était. Elisabeth s'était inquiétée pour sa fille. Maintenant son cœur allait se calmer.

— Vous avez sûrement bien fait, mais il ne faut rien dire à personne, répondit l'infirmière en hochant la tête.

— Je reviendrai.

— D'accord, dit l'infirmière.

— Puis-je rester cinq minutes de plus ?

— Oui, mais plus de bavardages.

— Non, je vous le promets.

L'infirmière retourna à sa surveillance télévisée et, à sa grande surprise, elle vit les courbes d'Elisabeth Elg redescendre à la normale. Dans la chambre de la patiente, Erika déplaça ses mains au-dessus du corps d'Elisabeth, des pieds à la tête. Elle s'attarda sur son cœur. Elisabeth s'endormit, Erika lui murmura :

— Tu vas bientôt rentrer à la maison et en bonne santé.

Un instant plus tard, Olof vint chercher Erika à Karolinska. Il avait mis Viktor Emmanuel dans un taxi et lui avait donné de l'argent.

Viktor Emmanuel retrouva la maison rangée, tout était en place. Il mangea du bœuf en daube, but un grand cognac, s'écroula sur le lit et entendit à peine Ingrid commenter la quantité extraordinaire d'eau que la pauvre Katarina avait dans son ventre.

Il dormit dix heures. Il se réveilla à l'aube dans le lit de Katarina. Puis il resta encore une heure dans sa baignoire : Je ne sais plus où j'habite, songea-t-il. Cette réflexion n'était pas désagréable.

Il osa penser prudemment aux souvenirs de cette terrible nuit. La peur, la douleur insupportable, les cris inhumains.

Il partit pour son atelier, commença à saisir les images de l'accouchement, alla d'échec en échec, mais il le prit calmement. Les sensations avaient été fortes, il fallait qu'elles s'estompent pour mûrir.

Tout à coup, l'image d'un canyon, une montagne d'ardoise dans un précipice, mille couleurs, couche après couche, de pierres préhistoriques, des abîmes et au plus profond de l'eau, le fracas d'un fleuve ? Quelque part dans l'esquisse, quelque chose correspondait, il la laissa sur le chevalet…

Une vision incroyable l'attendait dans le jardin d'Elisabeth. Toute la montagne de galets fleurissait de violettes tricolores, des milliers de petites fleurs le regardaient avec des yeux dorés dans des visages bleu lilas.

Ingrid arriva avec sa caméra :

— Qui aurait pu rêver que tout cela était dans la terre qui accompagnait les pierres ?

Il cueillit un gros bouquet pour Katarina, qu'il retrouva à midi. Elle était comme la veille, rayonnante de gaieté, et elle rit quand il lui décrivit les violettes.

— Un miracle. Encore un miracle, dit-elle.

Elle-même n'avait qu'un problème. Elle avait trop de lait :

— Je ressemble à une vache qui commence à avoir des fuites. Ils sont obligés de tirer du lait avant que je ne puisse allaiter. Elle ne tète pas très bien, mais il paraît que c'est normal au début.

Viktor Emmanuel se mordit les lèvres pour ne pas dire que dans ce fichu endroit, tout paraissait normal.

— J'ai trouvé les prénoms. J'ai enfin trouvé les prénoms qui conviennent.

— Raconte-moi.

— Elle s'appellera Laila, comme la grand-mère ensorceleuse d'Erika. Qui sait, les noms sont peut-être magiques. Comme ça, certains de ses dons s'attacheront à l'enfant.

Viktor Emmanuel hocha la tête.

— Puis elle s'appellera naturellement Elisabeth, comme maman. Et puis Victoria, d'après ton nom. Ça a de l'allure, tu ne trouves pas : Laila, Elisabeth, Victoria ?

Bien qu'il ne répondît pas, Katarina vit qu'il était content.

— Nous avons un problème. Tu comprends, ils me renvoient à la maison. Ils n'ont pas de place.

Il prit peur :

— Bon sang…

— J'ai parlé avec Birgitta, l'infirmière du centre de protection maternelle. Elle viendra t'aider à tout mettre en ordre. J'ai aussi téléphoné à Erika, elle laissera les garçons chez Ulla et viendra te remplacer vendredi.

— Je n'ai pas besoin d'être remplacé.

— Nous n'allons pas beaucoup dormir toi et moi. Ces petits bébés ne font pas la différence entre le jour et la nuit.

Lorsque Viktor Emmanuel quitta l'hôpital, Katarina pensa qu'aujourd'hui non plus, il n'avait pas regardé le bébé. C'était un peu triste, mais il allait s'habituer.

Jamais dans son imagination la plus effrénée le peintre n'avait pu rêver de toutes les affaires dont avait besoin la nouvelle petite demoiselle. Une balance pour être pesée, une bassine pour être baignée, une table pour être langée, des biberons pour le lait en surplus et des montagnes de vêtements et de couches. Ingrid avait apporté un petit berceau pour mettre à côté du lit de Katarina. Elle ne lui dit pas d'où il venait. Il se rappela qu'il avait un vieux fauteuil à bascule au grenier, peut-être pourrait-il servir.

Lorsque tout fut prêt, il invita Birgitta à prendre le café et il lui raconta que jamais il n'aurait pu s'imaginer que c'était si terrible de donner le jour :

— J'ai vraiment cru que Katarina allait mourir de douleur.

— Savez-vous pour qui c'était le plus difficile cette nuit ? C'était pour l'enfant. Imaginez-vous abandonner une existence tranquille dans de l'eau tiède et lutter pour sortir, petit à petit, à travers un canal étroit. Venir dans un monde terrible et froid avec des cris perçants, des voix hautes, des instruments glacials. Et être obligé de chercher l'oxygène de l'air.

Viktor Emmanuel était muet. Elle poursuivit :

— Je crois que c'est la naissance qui est à l'origine de la grande peur de la vie.

Le lendemain matin, Viktor Emmanuel portait l'enfant lorsqu'ils quittèrent l'hôpital. Katarina l'entendit murmurer :

— Petit diable courageux.

Le mois de mai laissa la place au mois de juin. Aucun d'eux n'oublierait jamais les nuits claires pendant lesquelles Viktor Emmanuel allait et venait avec l'enfant dans les bras en chantant *Mors lilla Olle*[1].

Boum, badaboum, qui va là d'un pas lourd...

1. *Mors lilla Olle*, (Petit Olle à sa maman) est une chanson enfantine. Elle relate une histoire authentique qui s'est passée en 1850 en Suède. *(N.d.T)*

38

Katarina reçut une lettre avec des timbres américains. Elle ne voulait pas l'ouvrir, mais quand elle vit le nom de l'expéditeur, Janet Morris, avocate, sa curiosité l'emporta.

Chère Katarina,

J'ai éprouvé le besoin de vous expliquer qui je suis et ce que je fais dans la famille O'Hara, ce qui n'est pas facile ni à démêler ni à comprendre. Je vis avec Ed O'Hara et je suis en quelque sorte la belle-mère de Jack. Je ne l'avais jamais rencontré avant qu'il ne surgisse l'automne dernier, amoché et avec la gueule de bois.

Je suis noire, née à Harlem, cinquième enfant d'une mère usée. Mes frères et sœurs sont morts. Pour des raisons que je n'ai jamais sues, l'église de ma mère décida de pourvoir à mon éducation. Je suis allée au lycée, puis à l'université où j'ai fait des études de droit et obtenu mon diplôme.

Compte tenu de mon passé, je me devais d'aider les femmes battues à obtenir des divorces raisonnables. En Amérique, ce n'est pas facile et j'ai perdu de nombreuses affaires. Au début, en tout cas. Au fur et à mesure, j'ai appris de plus en plus de choses sur l'impossible apathie des femmes.

Puis j'ai écrit un livre qui, à ma grande surprise, provoqua un débat sur la violence envers les femmes. C'est à cette occasion que j'ai reçu une lettre du financier Ed O'Hara qui voulait m'expliquer comment les hommes en arrivent à maltraiter les femmes.

Je ne fus pas particulièrement impressionnée. Je pensais que j'avais écrit suffisamment de livres sur les petits garçons battus qui, une fois adultes, se mettent à frapper. J'acceptai toutefois de le rencontrer. Ce fut utile, car cela me permit de mieux comprendre le rôle des mères dans ce terrible jeu.

Je vous ennuie sûrement, aussi vais-je être brève : ma grande tendresse pour Ed s'est transformée en sympathie. Je peux éprouver les mêmes sentiments envers Jack qui a été blessé si tôt dans la vie que je doute de le voir jamais devenir un être à part entière.

Nous viendrons à Stockholm pour le baptême le 15 juin. J'en suis particulièrement heureuse. Je chante du gospel, et je me débrouille assez bien. Voulez-vous demander à votre frère le pasteur si je peux chanter à la fin de la cérémonie ?

Amitiés,

Janet.

L'après-midi même, pendant que le bébé dormait, Katarina répondit :

Chère Janet,

Je vous remercie de votre lettre qui me touche beaucoup. Nous nous demandions bien sûr d'où vous veniez pour arriver à supprimer tous les obstacles à un dialogue raisonnable entre les deux familles.

J'ai donné naissance à une ravissante petite fille. Je n'avais jamais imaginé que l'on pût être aussi heureux.

Merci aussi pour ce que vous dites de Jack. Mais j'ai déjà pris ma décision. Lui et moi n'avons rien en commun, nous venons de cultures distinctes et nos valeurs sont différentes. Pendant un été fou, nous avons partagé une joie purement physique que nous ne retrouverons jamais. J'ai peur de lui et il en sera toujours ainsi. Il s'agit de beaucoup plus que de blessures physiques. J'ai grandi dans une famille où mon père violentait gravement et systématiquement ma mère. Et presque toute ma vie j'ai eu du mal à lui pardonner de s'être résignée. Elle était professeur et aurait pu subvenir à nos besoins à mon frère et à moi.

Ce qui s'est passé avec Jack a réveillé de terribles souvenirs d'enfance. J'ai des idées bizarres sur le destin, ou plus exactement je me demande s'il peut y avoir un modèle héréditaire.

Ma mère a été malade, elle a été opérée avec des « ballonnets » dans le cœur. C'est extraordinaire ce que les médecins arrivent à faire de nos jours.

J'ai parlé à Olof de votre souhait de chanter à l'église. Il est ravi et demande que vous faxiez votre partition à l'organiste, qui est américain. Il vous envoie l'adresse et numéro de téléphone par e-mail. Olof m'a demandé de vous préciser que le toit de l'église est élevé.

Soyez la bienvenue.

Katarina.

Fax de J. G. Habner, organiste d'Uppsala à Janet Morris, New York :

Merci pour votre partition, mais votre chant risque d'être un peu court pour l'église. De plus, il est totalement inconnu en Suède. Il existe un chant suédois qui est souvent utilisé dans les églises américaines, vous le connaissez sûrement, car Elvis en a fait un tube il y a très longtemps. La mélodie est un air suédois traditionnel, et le texte a été écrit par un pasteur suédois il y a cent ans. Rappelez-vous que tout cela est ancien. Cent ans au moins. Essayez de vous en imprégner.

Fax de Janet :

Ce chant est merveilleux, je l'ai souvent chanté. On prend celui-ci. Merci.

Mail d'Olof Elg à Janet Morris :

L'organiste me prie de vous demander si vous pouvez arriver un jour plus tôt pour répéter. Peut-être pouvez-vous prendre un avion dès le jeudi ? Je viendrai vous chercher à Arlanda.

Mail de Janet à Olof :

Nous devons malheureusement passer par Francfort où Ed a un rendez-vous important. Mais nous arriverons tous les trois jeudis. Je répéterai vendredi à l'église, puis nous nous verrons à Stockholm. Nous avons réservé des chambres au Grand Hôtel.

39

Le mois de juin était prodigue en jours dorés et en nuits bleu clair.

— La pluie viendra juste pour le baptême, dit Ingrid qui passait son temps à arroser en jurant contre la sécheresse.

Olof alla chercher sa mère quelques jours après l'opération. Il la trouva changée, plus paisible, moins prompte à la réplique, mais plus heureuse qu'il ne l'avait jamais vue.

Katarina et elle pleurèrent à chaudes larmes lorsqu'elles se rencontrèrent. Puis Elisabeth essaya de se maîtriser, respira un grand coup et dit :

— Maintenant.

Elle passa toute la matinée près du berceau du bébé. Personne ne sut ce qu'il s'était passé entre elles, mais lorsque la petite fille se réveilla, elle sourit à sa grand-mère.

C'était le premier sourire du bébé et Ingrid décréta que ce n'était probablement que des coliques. Il n'empêche que, lorsque Katarina s'approcha pour allaiter, le miracle se reproduisit. En fin d'après-midi, lorsque Viktor Emmanuel se mit à fredonner au-dessus du berceau, le sourire revint, clairement et distinctement.

— Cette enfant est en train de devenir un être humain, s'exclama-t-il.

Olof demanda un entretien particulier à Viktor Emmanuel qui s'étonna de la formulation un peu solennelle. Ils s'enfermèrent dans l'atelier et Olof s'expliqua :

— Je souhaite remettre au goût du jour le concept de parrain. Tu sais, jadis, un parrain était responsable de son filleul.

— C'était plus une question d'engagement économique si quelque chose devait arriver. Aujourd'hui, les parents meurent rarement avant leurs jeunes enfants.

— Beaucoup divorcent. Et la famille ordinaire subit de fortes contraintes par manque de temps et d'argent. Les distances sont longues avec les proches.

— Qui n'ont pas toujours le temps non plus, remarqua Viktor Emmanuel.

Olof acquiesça.

— C'est dans l'air du temps. La société est troublée, les valeurs changent, les règles aussi, les exclusions s'accroissent. Et puis, nous avons les médias, la télévision avec ses jeux, ses films et ses images cruelles.

Il réfléchit un instant avant de poursuivre :

— On dit de plus en plus souvent qu'un enfant a besoin de plus d'adultes. À l'école, à la garderie. D'adultes mûrs qui offrent sécurité et stabilité et qui ont un vif intérêt pour les enfants.

Viktor Emmanuel regarda Olof d'un air étonné :

— Quel rêveur naïf tu es. Remarque, je suis pareil. Et je suis d'accord. Tu veux dire que les parrains doivent être liés à leur engagement par un contrat ?

— Non, non, plutôt par une promesse lors du baptême.

— Une promesse sacrée ?

— Avec l'effet que cela peut avoir, soupira Olof.

— Donc, tu penses me demander d'être parrain ?

— Non, justement. Au début, c'était évident, mais depuis...

— Mais depuis ?

— Depuis, j'ai compris que tu serais le papa de l'enfant. Ai-je tort ?

— Non. Tu peux en être sûr. Je vais m'occuper de Laila.

Ils se turent, en profonde communion.

— À quels parrains as-tu pensé ?

— D'abord Ingrid et le plombier. Ils prendront cela sérieusement. Ils font preuve d'intérêt et de responsabilité. Puis, il y a Jack O'Hara. Je le lui ai malheureusement promis.

— On s'en fout.

Il n'en croyait rien et cela se voyait.

Avant de partir, Viktor Emmanuel dit :

— J'ai l'intention d'assister au baptême. Après j'irai directement d'Uppsala à Borlänge.

Il rit et ajouta :

— Il faut que je raconte tout cela à ma mère.

Le soleil disparut derrière les montagnes, même ce jour-là, mais la lumière dorée demeura au-dessus des maisons des humains. Elisabeth s'assit dans le jardin et observa les violettes tricolores qui avaient conquis sa montagne de pavés. Ingrid arriva avec du sirop de cassis, s'assit à côté d'elle et acquiesça lorsque Elisabeth remarqua que malgré tout la vie était remplie de miracles. Comme le bébé, comme les violettes.

Puis, elles pensèrent toutes les deux à Katarina et Viktor Emmanuel, sans aborder pour autant le sujet. Ingrid parla des violettes tricolores :

— Nous avons pris les pierres dans une terre sablonneuse. Acide. Mais si nous voulons que les fougères et les *hostas*, et toutes les fleurs que tu voulais avoir, prennent, il faut de la bonne terre végétale et du calcaire. Tout ce que les violettes détestent.

— C'est dommage.

— Mais le temps des violettes est bientôt passé. Tu veux bien avoir autre chose sur ta montagne ?

— Oui. Mais les violettes ont quelque chose de magique. C'est comme si elles sentaient notre nostalgie et tentaient de nous réconforter.

Elisabeth montra du doigt le petit vase sur la table. Et elles observèrent longtemps chaque fleur en particulier.

Ingrid acquiesça, Elisabeth avait raison.

Elles furent interrompues par Katarina et l'enfant qui tétait. Ravie, elle glouglouta, fit son renvoi et s'endormit, épuisée de nourriture et de soleil. Olof et Viktor Emmanuel se joignirent à elles et rapportèrent ce dont ils avaient parlé.

Elisabeth dit qu'elle comprenait très bien que Viktor Emmanuel voulût parler à sa mère. Et Katarina sourit, le coin des lèvres rabaissé, et déclara que s'il avait décidé d'être papa, à l'évidence il ne pouvait pas être parrain en même temps.

Olof fronça les sourcils. Il reconnaissait le sourire de sa sœur et pensa que tout n'était pas aussi simple que Viktor Emmanuel se l'était imaginé. Ingrid planta ses yeux stupéfaits dans ceux de Katarina et lui lança des signaux d'avertissement.

Le soir, lorsque les femmes se retrouvèrent seules dans la cuisine, Ingrid dit de son ton le plus sévère :

— Si tu as l'intention de te marier avec Viktor Emmanuel, ta vie ressemblera à une balançoire. Je ne veux pas dire qu'on ne peut pas lui faire confiance, mais c'est un enfant, curieux et ouvert à toutes les merveilles. C'est la base même de son travail. Il sera toujours à la recherche de nouveaux défis. Je ne parle pas seulement des femmes dont il s'amourachera mais des sensations nouvelles qu'il voudra éprouver, interpréter, procurer.

— Voyons, Ingrid, quel oiseau de mauvais augure tu fais.

Si Elisabeth paraissait fâchée, Katarina rit.

— Tu crois que je suis folle, Ingrid. Tu te trompes. Viktor Emmanuel est comme le petit garçon de la chanson de Petit Olle, celui qui allait dans la forêt avec le soleil dans le regard, qui caressait les ours et leur offrait des myrtilles.

Lorsqu'elle vit Elisabeth écarquiller les yeux, elle raconta les premières nuits à la maison lorsque le peintre allait et venait avec le bébé dans les bras : *Boum badaboum, qui va là d'un pas lourd...*

— C'est à ce moment-là que l'idée m'est venue à l'esprit. Viktor Emmanuel ressemble beaucoup au Petit Olle, au bon cœur, curieux et plein d'aspirations.

Katarina chanta un couplet de la vieille chanson pour enfants.

Caresse l'ours avec ses petites mains.
Tend la corbeille, regarde, goûte
Nounours engloutit presque tout ce qu'il y a
Dis donc, je crois que tu aimes bien les baies

— Puis sa mère arrive et le sauve, dit Ingrid en riant.

— Exactement, répliqua Katarina.

40

L'été maintint son étreinte torride sur la Suède. La radio et la télévision mirent en garde contre les incendies de forêt, les paysans se plaignirent, les jardiniers arrosèrent. Alors qu'il était près de 21 heures, le soleil fit son lit à l'horizon au nord-ouest. Mais il ne parvint jamais à s'endormir.

Dans la lumière dorée, Olof attendait à l'aéroport d'Arlanda que l'avion de Francfort se vide de ses passagers.

Et finalement il la vit, une femme superbe à la peau brune qui se déplaçait comme dans une danse, élancée et svelte, enthousiaste et curieuse, avec un sourire éblouissant sur un visage incroyablement vif. Deux hommes efflanqués la suivaient, tels des gardes du corps discrets.

Olof rectifia son jean, jeta sa veste de lin sur l'épaule et alla à la rencontre de la reine :

— *Mrs Janet, I presume ? I am Olof Elg.*

— *It can't be true,* dit-elle en riant.

— Je vous assure.

— Écoutez-moi. Un pasteur doit être barbu, avoir cinquante ans et des yeux qui regardent directement dans le réduit noir de l'âme. Vous n'êtes qu'un gosse, très mignon certes, mais quand même !

— Vous semblez avoir de terribles pasteurs en Amérique.

— Oui, certains sont comme cela. Olof ressemble à sa sœur, je peux garantir que c'est lui, dit Jack.

Ils se serrèrent tous la main en riant. Olof eut un peu de mal à rencontrer le regard de Jack, mais il ressentit spontanément de la sympathie pour O'Hara senior.

Lorsqu'ils s'installèrent enfin dans la Volvo avec leurs bagages, Janet dit :

— Je veux voir l'église du baptême.

— Elle est au nord, et nous allons à Stockholm, qui est au sud, répondit Olof.

— Mais il fait grand jour. La nuit est encore loin.

— Oui, quelques mois encore, mais bon d'accord, allons-y.

Olof téléphona au gardien de la cathédrale qui promit de montrer le dôme aux invités.

— Ce serait intéressant de savoir quelle image vous vous êtes faite de l'église. En tout cas, à la différence de moi, elle est vieille et vénérable.

Olof la taquinait, mais Janet était sérieuse comme une enfant lorsqu'elle décrivit la petite église à la lisière de la forêt, les simples bancs de bois, un autel avec une nappe blanche et un orgue.

— Soit vous vous moquez, soit vous devez vous préparer à un choc, dit Olof.

Il plaisantait, la cathédrale impressionna pourtant beaucoup Janet. Elle mit les mains devant ses yeux et resta ainsi un moment avant d'oser s'imprégner de l'imposante vue.

— J'ai besoin de m'asseoir, de m'habituer lentement, de voir petit à petit, murmura-t-elle.

Olof guida Jack et Ed, parla brièvement des rois et autres grands hommes qui reposaient dans les nombreux chœurs du grand dôme. Les Américains s'arrêtèrent dans la magnifique loge où Gustave Vasa et ses reines trônèrent dans du bleu et de l'or éblouissants.

Olof retourna vers Janet. Elle s'était assise de façon à voir la totalité de la grande nef avec les immenses voûtes gothiques.

— Croyez-vous que Dieu soit heureux de Sa maison ?

— Je ne sais pas. Mais j'ai senti Son esprit flotter sous les voûtes.

— Je peux m'imaginer, dit Janet en regardant Olof avec des yeux apeurés avant de poursuivre : Comment avez-vous pu imaginer que ma petite voix puisse les atteindre ?

— Ce n'est pas moi qui ai imaginé. C'est vous. Et je vous ai écrit que la cathédrale était haute de plafond.

— Qu'elle était haute !

Enfin, elle put rire.

Ils quittèrent la cathédrale et Ed dit :

— Olof, si vous aviez l'intention de nous impressionner, vous avez réussi.

— Bien, répondit Olof, qui téléphonait pour avoir un taxi.

Lorsqu'ils mirent les bagages dans la voiture, Jack déclara :

— Je m'intéresse à vos Lapons. Mais la route est longue jusqu'à eux n'est ce pas ?

— Si vous souhaitez rencontrer des Lapons, parlez à ma femme. Erika est lapone et a de bons contacts avec sa famille.

Sur l'autoroute E4 qui les menait vers le sud, à Stockholm et au Grand Hôtel, Jack dit :

— Le beau pasteur est marié à une Lapone et ils ont deux enfants chinois.

— Plus de surprises s'il te plaît ! lança Janet qui s'était presque endormie dans la voiture.

Tous les trois avaient besoin de dormir. De grands lits doux les attendaient patiemment dans de belles chambres.

Dès le lendemain, Jack loua une voiture et au petit déjeuner ils admirèrent pour la première fois la ville et toute l'eau environnante.

— Et cet immense bâtiment, qu'est-ce que c'est, demanda Janet ?

— Oh ça, c'est le château du roi.

À 10 heures précises, Janet se présenta à la porte de la cathédrale. Elle fut accueillie par le jeune organiste américain. Dieu merci, il n'a rien d'exotique, pensa Janet.

— La grande église m'a terrifiée hier soir. Ma voix n'est pas assez forte pour ces grandes voûtes.

— Bien sûr que si. Mais vous devez vous exercer à attendre la fin de l'écho.

Et ils répétèrent avec un piano tout simple.

41

Enfin, ce fut le jour du baptême. La famille américaine arriva tôt sur place et fut accueillie par une petite jeune femme toute carrée. Elle n'a pas besoin de faire des efforts pour paraître insignifiante, pensa Janet en lui serrant la main.

Janet était magnifique dans de la soie brillante blanche. Erika portait une jupe grise et un chemisier en coton blanc.

— Je m'appelle Erika, je suis la femme d'Olof. Je serai votre guide et interprète. Pendant que nous attendons, nous pouvons aller dans le chœur à droite.

C'était un endroit lugubre avec un lourd sarcophage. Janet, qui était nerveuse, s'assit sur les fondations et appuya son dos contre le cercueil. La jeune femme éclata de rire et tout son côté carré disparut. Elle est vraiment mignonne, pensa Ed.

— Janet, avez-vous entendu parler de Swedenborg ? demanda Erika.

— Oui bien sûr, le grand visionnaire. Un de mes oncles était membre de son Église en Amérique.

— Vous êtes assise sur son cercueil.

Janet se leva d'un bond et mit la main devant sa bouche pour s'empêcher de crier. Erika la rassura :

— Il vous aime bien. Je suis sûre qu'il veut que vous restiez assise.

Janet se rassit, avec précaution cette fois :

— Comment pouvez-vous savoir qu'il aime bien Janet ? railla Jack.

Erika répondit très sérieusement :

— Comment, je n'ai jamais de réponse à cela, cela ne m'intéresse pas.

Lorsqu'elle vit leur étonnement, elle poursuivit d'un air amusé :

— Swedenborg fut un homme remarquable dans la vie comme dans la mort. Son histoire est singulière même après sa mort. Ses cendres furent transportées ici et il fut inhumé avec grande solennité. Ce fut un peu embarrassant car il avait perdu sa tête.

Trois paires d'yeux américains la regardèrent fixement, elle éclata de rire et poursuivit :

— Il y a quelques années, on a appris que la tête de Swedenborg allait être vendue aux enchères à Londres. Je ne sais pas exactement comment cela s'est passé, mais des Suédois se sont rendus en Angleterre et sont revenus avec le crâne. Le cercueil a été ouvert et la tête a rejoint le corps à l'occasion de nouvelles cérémonies.

Elle continua de pouffer :

— J'ai souvent imaginé Swedenborg en train d'observer tout cela depuis son ciel d'anges et de se moquer.

Jack observa Erika avec des yeux méfiants :

— Votre histoire ressemble beaucoup à une affabulation.

— Sûrement, répondit Erika en continuant à sourire. C'est ce qu'il se passe la plupart du temps à notre époque, n'est-ce pas ? Mais dans ce cas présent, il y a beaucoup de documentation qui, globalement, confirme ce que j'ai dit.

— Et comment la recherche suédoise actuelle considère le monde spirituel de Swedenborg ?

— Voyons, Ed, vous savez dans quel état esprit nous vivons. Récemment, j'ai entendu dire qu'un chercheur affirmait que Swedenborg était un poète. Sa religion pouvait ainsi se réduire à de la littérature, à peu près comme un roman.

Elle regarda l'heure et leur dit qu'il fallait sortir.

— Vous devez rencontrer les autres invités avant la cérémonie.

Elisabeth se trouvait dans la grande nef. Une lady blonde, haute société anglaise de la pire sorte, pensa Janet. Et certes, une infime distance fut perceptible lorsqu'elle salua Jack.

Lorsque vint le tour d'Ed, Elisabeth fut en revanche très chaleureuse et quand elle se tourna vers Janet, elle avait les larmes aux yeux.

— Puis-je vous embrasser ?

Et elles s'étreignirent, ces deux femmes qui se ressemblaient tant selon Jack.

Ed serra la main du plombier et celle de sa femme, bien enveloppée, Ingrid Kristiansson, qui avait son habituel air sévère, d'un homme robuste et négligé aux yeux chaleureux qui répondait au nom de Karlsson. Il y avait aussi une autre personne, genre ouvrier, puis vinrent toute une série de dames universitaires imposantes, et quelques hommes à l'air professoral. Les nombreux noms suédois bourdonnaient dans la tête de Janet et d'Ed.

Tous étaient aimables, bien que les sourires étaient légèrement contraints tandis qu'Erika se débattait avec les présentations.

— Où est Katarina ? essaya de murmurer Jack à Elisabeth, mais la question résonna sous les hautes voûtes.

— Elle est dans l'un des bas-côtés et allaite.

Pensant aux magnifiques seins de Katarina, Jack trouva terriblement repoussant d'imaginer qu'il pouvait en sortir du lait. Grace avait eu, malgré tout, le bon goût de ne pas allaiter.

L'instant d'après, l'orgue retentit dans une marche solennelle et le cortège s'avança lentement vers le chœur entouré de nombreux autels où le baptême allait avoir lieu.

— Toute une série de rois suédois ont été couronnés ici pendant des centaines d'années. Regardez les grands vitraux, murmura Erika.

Ils regardèrent et Janet siffla presque d'enthousiasme.

Ils se dirigèrent vers les sièges installés sur deux longues rangées face à face. Elisabeth avait un enfant sur les genoux et un autre près d'elle, deux petits garçons qui faisaient des signes à la dérobée à Erika.

My God, c'est vrai, ce sont des petits Chinois, pensa Janet.

L'enfant dans les bras, Katarina arriva la dernière et s'assit près de sa mère.

Elle aussi était habillée de blanc. Elle portait une robe longue, sa chevelure blonde épaisse ramenée au sommet de la tête en une couronne mettait en valeur le profil délicat, le long cou et le maintien princier. Jack vacilla, elle était encore plus belle que dans ses rêves.

Katarina fit un signe de tête aux invités étrangers. Elle observa Ed et constata que le père et le fils se ressemblaient. Le sourire était à sa place, légèrement en biais, aimable et contrôlé comme chez Jack. Ses yeux étaient gris comme ceux du fils, mais ils avaient plus de profondeur et le regard n'errait pas.

Elle sourit à Janet, un sourire à la dérobée, de connivence.

Enfin, elle tourna son regard vers Jack. Elle s'était préparée soigneusement à cette rencontre, et pourtant sa réaction la prit au dépourvu. Un désir presque effréné et une immense douleur.

Comme si rien ne s'était passé pendant cette année de séparation, cette année où tout lui était arrivé, où tout avait changé, où tout était né une nouvelle fois.

L'enfant sentit son agitation, elle se réveilla et gémit. Katarina en fut presque reconnaissante, elle souleva le bébé, porta le petit visage contre le sien, certaine que personne n'avait remarqué qu'elle avait rougi. Son trouble persista toutefois pendant toute la cérémonie et elle n'entendit pas vraiment le sermon d'Olof et les promesses des parrains.

Elle se déçut beaucoup elle-même.

Le fracas de l'orgue s'adoucit en un simple psaume : *Le temps des fleurs arrive...* et les invités américains entendirent, à leur grande surprise, que tout le monde chantait, tout le monde semblait connaître les paroles.

Le pasteur se plaça près de l'autel et récita le Notre Père. Janet croyait reconnaître chaque mot de la langue étrangère. La même prière, la même foi que dans son église à elle.

Après, ce fut plus difficile. Il parla de l'enfant venue au monde pour le grand bonheur de tous, un nouveau membre de l'humanité. À respecter et à soigner avec amour et responsabilité.

Erika traduisait à l'oreille de Janet. Elle hochait la tête, sérieuse et émue.

À la fin, le pasteur parla du choix minutieux des parrains. Être parrain nécessite une prise de responsabilité et une participation.

— Dans la société moderne, la petite famille est sous pression, nous n'avons pas le temps, nous n'avons pas assez de force. Les enfants ont besoin de davantage d'adultes, d'une solidarité avec des êtres mûrs qui ont du temps et qui s'intéressent à eux.

Erika traduisait si vite que sa langue fourchait, Janet acquiesçait et sanglotait.

— Avez-vous un mouchoir ?

Oui, Erika en avait un dans une poche de sa jupe.

Puis le pasteur pria les trois parrains de se lever et de s'approcher de l'autel pour prononcer leurs promesses. Le oui d'Ingrid fut vigoureux, la voix de Lars éclata de bonheur.

Pour Jack, ce fut plus long. Le pasteur fit un résumé en anglais de ce qu'il avait dit. Jack fit signe qu'il avait compris et donna sa promesse.

— Pourquoi êtes-vous si triste ? murmura Erika à Janet.

— Je vous expliquerai un jour, répondit Janet en pensant à Jack après son divorce aux États-Unis, qui n'avait même pas voulu de son droit de visite pour ses enfants.

Le moment du baptême proprement dit arriva. Elisabeth porta l'enfant, Olof la prit dans ses bras et versa doucement de l'eau sur sa tête :

— Au nom du Père, et du Fils et du Saint-Esprit.

Les nouveaux noms retentirent : Laila Elisabeth Victoria.

Les yeux de l'enfant s'arrondirent d'étonnement, mais elle ne cria pas.

Ils chantèrent encore un psaume : *Que la terre est belle...*

Janet vit son ami l'organiste se faufiler vers le piano. Elle eut terriblement peur, un calme glacial la gagna. Lorsque le psaume fut terminé, elle se tint, grande et droite, près de l'autel et le chant stupéfiant monta vers la voûte :

Then sings my soul, my Savior God, to Thee :
How great Thou art, how great Thou art !
Then sings my soul, my Savior God, to Thee :
How great Thou art, how great Thou art !

Elle traversa la nef, en se balançant en rythme comme pour danser. Et le chant monta et descendit et pas une seule fois elle n'oublia d'attendre l'écho.

À cette heure-là, il y avait une foule de touristes qui voulaient visiter la cathédrale, des gens qui recherchaient le recueillement dans l'un des chœurs, un chœur de jeunes qui s'était réuni pour répéter. Mais tous s'immobilisèrent, tout bavardage cessa quand Janet chanta. Et lorsqu'elle retourna vers la croisée, elle se tut et s'inclina, les applaudissements éclatèrent et tous crièrent : *Da capo* !

D'un air interrogateur, elle se tourna vers Olof qui dit :

— Allez-vous y arriver ?

Bien sûr qu'elle allait y arriver. Et une fois de plus, le chant monta vers la voûte :

Then sings my soul, my Savior God, to Thee :
How great Thou art, how great Thou art !

Dans le péristyle, les invités du baptême l'attendaient, ils lui serrèrent la main et la remercièrent. Enfin, elle put sortir au soleil et tomba presque comme une masse dans la voiture d'Olof.

42

C'était la fête dans deux maisons d'Oxelvägen. Deux cuisines étaient prêtes avec leurs buffets, la bière et le vin pour les invités. Il n'y avait qu'à se servir.

Jack chercha Katarina, mais elle avait disparu avec le bébé qui pleurnichait sur sa poitrine, épuisée par toute l'agitation.

— Ça n'a pas été une vraie tétée pour la nuit, dit Katarina lorsque Elisabeth vint la relayer. Mais il y a un biberon dans le réfrigérateur.

— Va t'occuper de tes invités, maintenant.

Katarina rencontra Jack dans l'escalier.

— Nous nous verrons dans un moment là-haut dans le living de ma mère. Je dois aller saluer tout le monde.

Elle alla de bras en bras mais ses yeux cherchaient Janet. Olof s'en rendit compte et lui dit que Janet et Ed étaient dans l'atelier de Viktor Emmanuel où Ingrid leur faisait voir les tableaux.

— Alors, je vais parler à Jack pendant ce temps.

Ils se retrouvèrent enfin, assis l'un en face de l'autre, avec la porte de la chambre entrouverte, où se reposaient Elisabeth et l'enfant.

Il plaça ses coudes sur les genoux et avança son visage vers le sien. Elle vit les lignes amères et les marques sombres autour de ses yeux.

Il est encore séduisant, pensa-t-elle. Mais ce fut lui qui rompit la glace :

— Tu es plus belle que jamais.

— Il paraît qu'on le devient quand on met des enfants au monde.

Il ne sourit pas.

Ils restèrent longtemps silencieux.

— Nous n'avons pas grand-chose à nous dire, constata Katarina au bout d'un moment.

Elle sentit soudain qu'elle pouvait s'en tenir aux convenances et que son travail de réflexion n'avait pas été vain. Elle reprit :

— Nous avons eu un été magique ensemble. Mais c'était un jeu en dehors de la réalité.

— Pour moi, cela a été ma seule rencontre avec la réalité, avec la vraie vie et avec... l'amour.

Les mots étaient pathétiques et la voix se brisa. Katarina le regarda droit dans les yeux et comprit qu'il ne mentait pas, qu'il exagérait à peine.

C'était parce que c'était devenu aussi menaçant que tu t'es senti obligé de me battre presque à mort, pensa-t-elle. Au lieu de quoi elle déclara :

— J'ai un ami qui est veuf mais qui a vécu un mariage long et stable. Il dit que l'amour, c'est vivre comme des vases communicants. On sait où l'autre se trouve, on sent la douleur de l'autre, on pense parallèlement. En Suède, nous avons un poème célèbre qui l'exprime très bien : « J'ai froid à tes mains. »

Jack secoua la tête :

— Ça semble affreux.

— C'est peut-être ce que je pensais aussi au début. Mais c'est sûrement parce que je me protégeais. J'aimerais bien vivre de façon à ne rien avoir à cacher, si ce n'est que je ne suis pas encore assez mûre pour cela.

— Je ne veux même pas essayer, répliqua Jack.

— Tu vois bien, toi et moi n'avons aucune chance. Nous n'avons pas la moindre idée de ce que l'autre pense et ressent. Nous n'avons jamais pu communiquer avec autre chose qu'avec nos corps.

— Ne veux-tu pas nous donner une chance ?

— Non. Nos histoires sont différentes et nos valeurs aussi. Notre vie serait un enfer, Jack. Et je ne veux pas devenir égoïste, grincheuse, amère et déçue. Mon intégrité est aussi importante pour moi que la tienne l'est pour toi.

— Oui, je sais, mais j'avais quand même le faible espoir que l'amour l'emporte sur tout.

Katarina resta longtemps silencieuse, comme si elle réfléchissait :

— Il y a un autre facteur, Jack. Il est peut-être vrai que l'amour peut l'emporter sur... presque tout. Mais il ne peut pas triompher de la peur. Tu t'es vengé sur moi de quelque chose dont tu as souffert à un autre endroit, à un autre moment et avec une autre femme.

— Oui, tu as peut-être raison.

Il était blanc comme un linge, elle poursuivit néanmoins sans pitié :

— Je n'ai rien à voir là-dedans. Tu dois éclaircir cela toi-même avant que tu ne te mettes à battre une autre femme.

Il ne répondit pas. Elle continua :

— J'ai peur de toi. J'aurai toujours peur de toi. Jamais je n'oserai être toute seule avec toi. Même en ce moment, alors que la porte de maman est ouverte et que la maison est remplie d'amis, j'ai mal à l'estomac et j'ai le cœur qui bat.

Il se leva, se dirigea vers la porte, mais se retourna et dit :

— Je te comprends. J'ai peur de moi-même.

L'instant d'après, il avait disparu.

Elle alla dans la chambre d'Elisabeth, qui hocha la tête et demanda :

— Triste ?

— Oui, mais maintenant c'est fini.

Katarina s'arrêta dans le vestibule du haut, respira profondément et écouta le murmure enjoué de la fête.

À mi-chemin, dans l'escalier, elle pensa : il n'a jamais parlé de l'enfant, il n'a même pas demandé à la voir.

Cette pensée la réconforta.

Remerciements

Un grand et chaleureux merci à mon éditrice, Ann-Marie Skarp, pour l'intérêt et la sympathie dont elle a fait preuve pendant la longue démarche solitaire qu'exige un roman de la part de son auteur.

Je suis aussi reconnaissante pour le traitement minutieux du manuscrit, dans lequel les mots et le cours des événements ont été pesés avec soin.

8 107 -111- 114 - 115 -

7584

Composition Nord Compo
Achevé d'imprimer en France (Manchecourt)
par Maury-Eurolivres
le 15 mars 2005.
Dépôt légal mars 2005. ISBN 2-290-34290-4

Éditions J'ai lu
84, rue de Grenelle, 75007 Paris
Diffusion France et étranger : Flammarion